Todos los libros de Linkgua Ediciones cuentan con modelos de Inteligencia Artificial entrenados por hispanistas. Pregúntale al chat de tu libro lo que desees acerca de la obra o su autor/a.

Para ebooks: Accede a nuestro modelo de IA a través de este enlace.

Para libros impresos: Escanea el código QR de la portada con tu dispositivo móvil.

Obtén análisis detallados de nuestros libros, resúmenes, respuestas a tus preguntas y accede a nuestras ediciones críticas generativas para una experiencia de lectura más enriquecedora.
La transparencia y el respeto hacia la autoría de las fuentes utilizadas son distintivos básicos de nuestro proyecto. Por ello, las respuestas ofrecen, mediante un sistema de citas, las fuentes con las que han sido elaboradas.

Alfonso Hernández Catá

El ángel de Sodoma

Barcelona 2024
Linkgua-ediciones.com

Créditos

Título original: El ángel de Sodoma.

© 2024, Red ediciones S.L.

e-mail: info@linkgua.com

Diseño de la colección: Michel Mallard.

ISBN rústica ilustrada: 978-84-9007-629-3.
ISBN tapa dura: 978-84-1126-605-5.
ISBN ebook: 978-84-9953-075-8.

Sumario

Brevísima presentación

La vida
Alfonso Hernández Catá (Aldeadávila de la Ribera, Salamanca, 24 de junio de 1885-8 de noviembre, Río de Janeiro, 1940). Cuba.
Nacido en España, su padre era el teniente coronel Ildefonso Hernández; y su madre la cubana Emelina Catá.

El padre ocupaba un puesto en la administración militar española en Cuba y Alfonso Hernández Catá vivió en la isla hasta los catorce años en que, tras la muerte de su padre, fue enviado a un colegio de huérfanos de militares en Toledo.

A los veinte años Alfonso fue incluido en la antología *La corte de los poetas* (Madrid, 1905). Sus primeros libros aparecieron poco después en dicha ciudad: *Cuentos pasionales* (1907) y *Novela erótica* (1909). Tras casarse Alfonso regresó a Cuba y fue redactor del *Diario de la Marina* y de *La Discusión*.

En 1909 publicó *La fábula Pelayo González* y en 1911 *La juventud de Aurelio Zaldívar*. Por esos años escribió también piezas teatrales entre las que cabe citar *Amor tardío*, *En familia*, *El bandido*, y *Cabecita loca* escritas en colaboración con Alberto Ínsua.

Desde 1909, Alfonso había iniciado su carrera diplomática como cónsul y se desempeñó en El Havre, Birmingham y en varias ciudades españolas. Fue encargado de negocios de la República de Cuba en Lisboa, embajador de Cuba en Madrid, y ministro en Panamá (1935), Chile (1937) y Brasil (1938).

Alfonso Hernández Catá murió en un accidente aéreo el 8 de noviembre de 1940, en la bahía de Río de Janeiro. Su oración fúnebre fue dicha por el escritor austríaco Sthepan Zweig.

—¿Y va usted a escribir una novela de «eso»? ¡Qué ganas de elegir asuntos ingratos!

—De «eso», sí. Los poetastros han vulgarizado y afeado tantos jardines, tantos amaneceres, tantas puestas de Sol, que ya es preferible inclinarse sobre las ciénagas. Todo depende del ademán con que se revuelva el cieno, amigo mío. Si es cierto que hay en las charcas relentes mefíticos, también lo es que ofrecen grasas irisaciones, y que lirios y nenúfares se esfuerzan patéticamente, a pesar de sus raíces podridas, en sacar de ellas las impolutas hojas. Además, como la química científica, la artística puede obtener de los detritus esencias puras. Más trabajo y menos lucido, dirá usted. ¡No importa!

Y acercóse Abraham y dijo: ¿Destruirás por igual al inocente y al impío? El juez de toda la tierra, ¿será injusto?
Génesis, 18.

Capítulo I

La caída de cualquier construcción material o espiritual mantenida en alto varios siglos, constituye siempre un espectáculo patético. La casa de los Vélez-Gomara era muy antigua y había sido varias veces ilustre por el ímpetu de sus hombres y por la riqueza atesorada bajo su blasón. Pero con el desgaste causado por la lima de los años los ánimos esforzados debilitáronse, y el caudal volvió a pulverizarse en el anónimo, merced a garras de usureros y a manos de mujeres acariciadoras y cautas. La democracia alumbró aquí y allá, sin consagraciones regias, cien cabezas de estirpe, mientras la casa de los Vélez-Gomara languidecía. Y, si su derrumbamiento final no puede ponerse, por ejemplo, junto al romántico de la de Usher, es, sobre todo por las particularidades al par vejaminosas y heroicas del postrero de sus varones, lo bastante rico en rasgos dolorosos para sacar de su egolatría o de su indiferencia, durante un par de horas, a algunos lectores sensibles.

Toda de piedra, enclavada en una ciudad prócer, con ventanas abiertas al mar, la ocupaban, por derecho de herencia, un matrimonio y cuatro hijos. La ciudad, levítica a pesar del paganismo azuliblanco de las olas y del fermento inmoral traído de tiempo en tiempo por los marineros, hartos de oceánicas castidades, a las casucas del suburbio, había estimado muchos años como su timbre óptimo el escudo ahondado en el sillar clave del medio punto de su puerta. Las ventanas con sus cristales rotos, vibraban nerviosas, participando del estremecimiento aventurero de las campanas, de los trenes, de los buques y hasta de los pobres carros urbanos. El matrimonio difería en edad y caracteres: él, ciclópeo, de cabeza chica para su gigantesco cuerpo, lento, soñador de sueños no multiplicadores, sino de resta; ella, menuda, activa, hacendosa, vulgar y práctica. Los cuatro hijos, dos varones, dos hembras: el mayor, José-María, de dieciocho años; después Amparo, luego Isabel-Luisa, al fin Jaime.

Desde tiempos no vistos por sus actuales ocupantes, la casa se nutría de nostalgias, de prestigio y de deudas; y sin la industriosidad de la esposa, que a diario renovaba el milagro de los panes y los peces, más de una vez la palabra privación habría tenido para ellos su sentido enjuto. El actual jefe de la casa de los Vélez, don Santiago, solo activo y alegre cuando la bruma del alcohol lo rodeaba de absurdas perspectivas de oro, se conformaba con despreciar al orbe íntegro, y con ufanarse de sus pergaminos y de su estatura. Y la noche en que la esposa pasó del afanoso trabajo a la muerte, tras pocos días de enfermedad, el alma inválida de don Santiago quedó paralizada de susto. Todos comprendieron entonces que el hombrachón se apoyaba para ir por la vida en el cuerpecillo femenil, inmóvil por primera vez, y más menudo aún entre la estameña de la mortaja, bajo las cuatro gotas doradas y azules de los cirios.

La casa, tan limpia, tan ordenada, perdió el equilibrio y cayó en una suciedad llena de humores hoscos. En vano José-María y sus hermanas —Jaime estudiaba para piloto, interno en la Escuela de Náutica— trataron de cerrar el paréntesis abierto por la catástrofe. Era el padre quien, con su volumen, con su indolencia, con su alma frívola incapaz de llenarle por completo el enorme cuerpo, complacíase en prolongar la atmósfera de ansiedad perezosa, de espera de milagro, que saturó aquellos tres días comprendidos entre el primer malestar y el último estertor de la mujercita.

Vinieron las ventas de tierras, las hipotecas, los expedientes, y el mal olvido del alcohol. En verdad los hijos deseaban verlo ebrio, porque su embriaguez sonriente, brumosa, con esperanzas y prodigalidades súbitas, era preferible a las impotencias ceñudas, a las profecías de días nocturnos llenos de frío y hambre, a los golpes. Dos veces el intento de echar a un lado los pergaminos y de doblar la estatura sobre el trabajo, quiso cuajársele en la voluntad. Humillación estéril. Se habló luego de una representación de automóviles; hubo largas pláticas ante las mesas de los cafés, frente a la copita de aguardiente enturbiadora de la copa de agua; y, por último, entre la estupefacción de todos, en vez de dedicarse a vender, don Santiago compró un cochecillo minúsculo, pintado de rojo, tan desproporcionado para su corpachón, que le ajustaba a la cintura trabajosamente, y hacía pensar en el aborto de un centauro: busto de cíclope y patas de pobres caballejos de vapor ocultas bajo vibrantes chapas de metal.

Salía todos los días muy temprano, después de diez horas de sueño y, a pie, marchaba hasta la terraza del café, donde, poco después, iban a llevarle, del garaje, el cochecillo. Al verlo, su entrecejo se desplegaba y, solo entonces, echaba el aguardiente en el agua y, a pequeños sorbos, empezaba a beber su copa de niebla, con los párpados entornados no se sabe si para aguzar la visión externa o para ver mejor dentro de sí. Después subía con trabajo al automóvil, y empuñaba el volante. Los parroquianos de la terraza solían comentar:

—Ya se está calzando su bota de siete leguas don Santiago.

Arrancaba el coche y, hasta los arrabales, iba con marcha moderada. Pero al llegar a la carretera los ojos se encendían cual si quisieran aumentar con sus chispas las del motor, el pie se aplanaba en la palanca de la velocidad, todo el cuerpo, consustancializado con la máquina, vibraba, y, raudo o, allanando las cuestas, despegándose en las curvas, saltando en los baches hasta arrancar hojas de los árboles, rojo proyectil disparado no se sabe si por la desesperación o la embriaguez contra la Muerte, trazaba en la ilusión óptica de cuantos se detenían a mirarlo pasar, un hilo sangriento en el camino.

No decían: «Ahí va el automóvil de don Santiago», sino «Ahí va don Santiago». Y nadie mostró sorpresa el día en que, al mediar aquel nudo de la carretera que, por no haberse detenido a desatarlo despacio, había costado ya la vida a dos automovilistas, el centauro se disoció terriblemente, y su parte de cíclope quedó aplastada contra un tronco mientras los pobres caballejos de vapor, retorcidos, piafaban su postrer aliento humeante sobre el verde jugoso de la campiña.

Toda la ciudad participó del drama. Los forasteros pudieron advertir que el noble gigante constituía uno de los orgullos de la ciudad, y que de haber sido tan baratos de mantener como la leyenda del barrio fenicio o del estandarte secular del Ayuntamiento, el pueblo no habría consentido aquel desenlace. La hipótesis de un suicidio hipócrita consolidóse cuando se supo que don Santiago tenía un seguro de vida contratado poco tiempo antes, a favor de sus hijos, a quienes apartaba siempre del automóvil diciéndoles:

«¡Eso no se toca, ya lo sabéis!», cual si se tratase de un arma.

Su único amigo, el profesor de la Escuela de Náutica don Eligio Bermúdez Gil, juguteando con la brújula minúscula que pendía de su gruesa cadena de oro, resumió la opinión pública en estas palabras:

—No vamos a decir que se ha disparado con el automóvil, pero que se ha disparado en él, sí. Aquellas tardes en que lo veíamos volver decepcionado, es que le había fallado el tiro. Si la Compañía se echa atrás, tendremos que hacer una suscripción pública para levantar las hipotecas y sacar del hambre a esos chicos. Del que va a ser marino yo me encargo.

A pesar de las aseveraciones populares, la Compañía de Seguros pagó la póliza después de calcular las ventajas de publicidad basada en un suceso y un nombre conocidos en toda la comarca. Y los hijos, hasta entonces coro doloroso e inerme a espaldas de los protagonistas, hubieron de forzar los trámites del tiempo, avanzar hasta el primer plano, mirar cara a cara a la vida, y descubrir cada uno lo que de hombre o mujer esperaba tras de la corteza infantil, rota también en el choque funesto.

José-María presidió el entierro. Vestido de luto, sus dieciocho años, impresionaban más. Pálido, aguileño, de piel marfilina y ojos verdes, destacaba entre el grupo de caras contraídas por una tristeza ocasional su belleza tímida y frágil, de flor. Al volver a la casa y quedarse solos, para resistir la marea del llanto, dijo:

—Lo primero que ha de hacerse es limpiar esto como Dios manda. ¡Da asco!

Jaime se encogió de hombros y, abandonándose a un dolor sombrío enseguida embotado en el sueño, se echó en el cuarto último. Cuando despertó, Amparo, Isabel-Luisa y José-María daban los últimos toques a una limpieza que había durado más de cuatro horas.

—Menudo baldeo le habéis dado, ¡hay que ver! Parece otra la casa —dijo.

Y no solo lo parecía: lo era. Ni siquiera en tiempo de la madre, paredes, suelo y muebles relucieron así. Dijérase que solo don Santiago había muerto, y que, libre de su corpulencia ensuciadora y holgazana, ella, con las arañas de sus manitas tejedoras de orden, dirigía, por primera vez, del todo el hogar.

Capítulo II

Aun cuando el tutor fuera el capitán Bermúdez Gil, puede decirse sin hipérbole que el consejo de familia lo constituyó la ciudad entera. Bastaba que cualquiera hallase en la calle a los huerfanitos, para que, olvidando sus faltas individuales, ensombreciese el semblante y dijese agitando el índice a modo de bastón presto a agrandarse para el castigo:

—Es preciso ser serios y andar más derechos que velas, ¿eh? El nombre de vuestro padre y lo que ha hecho por vosotros, lo exige. ¡Y si no!...

Sin esta amenaza difusa y sin la admiración que el fin del padre y su incomprensible lección heroica añadía a los blasones deslustrados, habrían sido por completo felices. Cuando los pisos de la casa se aislaron y ellos ocuparon el último luego de alquilar los demás, sus vidas adquirieron un ritmo venturoso, de juego continuo; pero de juego regido por una autoridad al par eficaz y suavísima, previsora, atenta a orear los trámites imprescindibles de lo cotidiano con ráfagas de alegría inesperada.

La renta se dividía en dos: lo preciso para pagar los estudios de Jaime, y el resto. Y con ese resto, en cuanto el capitán Bermúdez Gil, seguro de proceder mejor, delegó por completo en José-María, y en cuanto los vecinos y los oficiosos comprendieron que la impaciente seriedad de los niños al recibirlos era una acusación de entrometimiento, empezaron a obrar maravillas. Por lo pronto, en vez de criada, tomaron una asistenta encargada, por las mañanas, de realizar lo más áspero del trabajo. Lo demás, Amparo, Isabel-Luisa y José-María lo hacían tan deprisa y tan bien, que les quedaba tiempo para pasear a diario y dinero para adornar la existencia con alguna de esas superfluidades sin las cuales adquieren las necesidades satisfechas pesadez brutal.

—Hoy vamos a almorzar solo dulces.

—El sábado nos acostamos temprano, sin cenar, para irnos al campo el domingo y llevar muchas cosas.

Eran entre ellos risueños, gorjeadores; mas en cuanto un extraño se asomaba a sus vidas, tenían un encogimiento repentino, como si lo mejor de sí mismos se les paralizara. Hasta Jaime llegó a adquirir en la unión alegre de José-María y sus hermanas un aire de cuña. Cuando estaban solos los guisos, las costuras, los arreglos domésticos, tomaban un aire feliz. Nunca hubo casa de muñecas tan bien conducida.

La muñeca rubia, Amparo, hacendosa, impetuosa, presta siempre a raptos románticos de cariño, de enfados y de perdones, tenía ya insinuadas las gracias femeninas; la otra, Isabel-Luisa, de tez de nardo oscuro, sedentaria, extática, incansable para los bordados minuciosos, de carácter apacible en cuyo fondo una llamita de misterio y de pasión alumbraba y amenazaba el ser, estaba, a pesar de sus catorce años, en plena pubertad. Un intercambio anómalo existía entre ellas: las bocas. La de Amparo era boca morena, de escarlata túrgida estremecida en las gulas, en las discusiones y en los ensueños; la de Isabel-Luisa, boca rubia, estrecha, descolorida; boca solo de hablar y aceptar. Viéndolas separadas, las bocas daban a su belleza acento extraño, imprevisto; al mirarlas juntas advertíase sin esfuerzo que la boca de cada una correspondía a la otra. Y, acaso por este trueque, una contradicción necesitada de intimidad y hasta de mutua vigilancia; una contradicción que el influjo de José-María impedía no solo estallar, sino hasta manifestarse fuera de la vaga subconciencia, existía entre ambas.

—El día de la Virgen iremos al monte a coger piñas.

—Mejor a la playa de junto al cementerio, a pescar.

—Tenemos tiempo de las dos cosas, bobas. O, si no, lo echamos a suertes.

Esta compaginación cordial diluía las contradicciones antes de cuajarse y mantenía sin la menor grieta la unidad de los tres contra toda ingerencia peligrosa para su dicha. De este modo las tentativas de tiranía por parte de varios conocidos y de la asistenta; de abuso por parte de los comerciantes; de intromisión por parte de todos, fracasaron. Y la ciudad concluyó por aceptar aquel milagro de organización venturosa.

Aun cuando el tiempo pasaba, en la casa persistía, embalsamado, un hálito infantil. No se oían risas, porque la verdadera alegría jamás se desborda. Mas los pájaros en jaulas doradas, la cortina de tul que henchía el aire marino tomándola por vela, las espejeantes superficies de todos los muebles, el Sol y hasta la luz artificial cernida en aquella pantalla del comedor bajo la cual concentrábanse sus vidas al caer la tarde, atestiguaban de una armonía maravillosa. Y esa armonía, tan cambiante con los pasos del tiempo, en el viaje de la vida, adquiría allí la inmutabilidad de los accidentes lejanos del paisaje: era como el cabo visto desde la playa —basto perfil de monstruo que daba, en todo momento, la idea de ir a precipitarse en el mar—, como aquel pino solitario de redonda copa y tronco delgado, que parecía un globo cautivo.

Apenas si para cubrir la fórmula tutorial, el buen profesor de Náutica, al entregar el dinero cada mes, leves admoniciones. ¿Qué iba a decirles si aquella casa de muñecos marchaba mejor que cuantas, de personas mayores, conocía? Cuando la guerra, encareciendo todo, alborotó en torno la inmensa pira de ruinas los cuervos financieros, una Compañía pretendió comprarles la casa en precio ventajosísimo; pero el profesor, al notificárselo, no ocultó que la ciudad vería con malos ojos aquella venta, «por tratarse de... por el nombre ilustre de aquel padre, que...» Su plática se quebró aquí.

Esa frecuente recordación de la heroicidad, de la excepcionalidad paterna, deformando el recuerdo real, creaba del muerto y de sus deberes para con él, una imagen solemne, exigente, adusta casi, que constituía la única sombra proyectada contra sus vidas. Apenas si podían reconstruir ya la imagen física del suicida, y el alma, en cambio, tomaba la figura de un misterioso acreedor vengativo a quien habían de pagar en dolorosa moneda. No vendieron ni se entristecieron demasiado cuando, dos años después del gran auge económico, el dinero y la vida encarecieron, se les desalquilaron dos pisos y hubo que pensar en trabajar. Animoso, José-María dijo:

—Trabajaré yo que no tuve cabeza para estudiar. El caso es que Jaime acabe su carrera y que vosotras, cuando sea tiempo, os caséis.

—Si no te casas antes tú —dijo Amparo.

—Yo no me casaré nunca —respondió él, en tono tan extraño que Isabel-Luisa levantó la vista de la labor.

Entró en la oficina de un banquero y pronto se hizo querer de todos a pesar de su reserva. Aportaba a su trabajo las mismas virtudes que a la vida casera: limpieza, minuciosidad. Había que verle, al llegar cada mañana, doblar su chaqueta y protegerse los puños de la camisa con sobres. Con él no podía temerse jamás ni trabacuentas ni incumplimientos. Y al sonar la hora, sin prisa, pero sonriendo, dejaba el trabajo y salía al encuentro de sus hermanas, para formar con ellas el grupo feliz. Él las celaba ya con inquieta dulzura:

—Esperadme en la calle de al lado para no encontrarnos
con los compañeros; es mejor... Tienes que alargarte dos dedos ese vestido, Isabel-Luisa.

—No se puede ya.

—Sí, ya verás... Si Amparo nos teje una tira de entredós,
yo me atrevo.

Y las gentes, aún sin oírlo, solo por la dulzura de sus ademanes y gestos, comentaba:

—¡Hay que ver!... Es una verdadera madrecita.

Madrecita enérgica, hábil para despertar en cada uno lo
mejor del ser, ávida siempre de premio y de mimo, presta al
sacrificio en todo momento y haciendo del deber una gracia
alegre y entrañable. Se levantaba antes que los demás y, muchas veces, cuando Isabel-Luisa y Amparo aparecían en la
cocina, ya encontraban chispeando la lumbre. Una sola vez
pasó la enfermedad por la casa, y él cuidó de Amparo como
enfermeras o hermanas de la Caridad hubiesen podido hacerlo, sin aturdirse ante el primer peligro, sin rendirse a las
fatigas medrosas de las noches ni perder la paciencia por esas
intemperancias de genio con que los jóvenes protestan de los
avisos prematuros del Dolor y la Muerte.

Al final del cuarto curso, sin saber la causa, flaqueó Jaime
en el estudio, y mientras las hermanas prorrumpían en quejas
excitadoras, que hubieran podido convertir en mal tesón la
veleidad de holganza, José-María supo ser persuasivo, a la
vez suave e inquebrantable, y llegó hasta a sentarse largas
horas junto al hermano, fingiéndole curiosidad por las cosas
de la navegación y, en realidad, ayudándole a estudiar y re-
avivando el fulgor de la estrella de la aventura eclipsada en
la voluntad del mozo, acaso por la dejadez, hija del estío o
por el brillo de los primeros ojos de mujer vistos con novedad
reveladora en el umbral de la adolescencia.

Así pasaron otros tres años. Ya José-María frisaba la mayoría de edad; ya Jaime iba a regresar de su primer viaje de prácticas; ya las turgencias rubias de Amparo tenían algo de frutal que obligaba a volverse a los hombres tanto como el cuerpo elástico y el rostro apasionado y quemado de Isabel-Luisa. Seguían siendo felices. Con la entrada en la juventud, el error de haberles cambiado las bocas, se mostraba más incitante. Sin embargo, la paz risueña de la casa continuaba incólume. Eran los mismos aseos, los mismos guisos casi poéticos, las mismas costuras, las mismas veladas en las que, sobre todo a la hora del crepúsculo, las tres voces sonaban en la penumbra azul como las de tres hermanas angélicas. Bastábales cerrar la puerta, olvidar un poco a Jaime, aislarse de la ciudad obstinada en gravar su orfandad con excesivas obligaciones de estirpe, engañar al tiempo contrahaciendo las voces y los gestos de antaño, para conservar aquella dicha niña. Reían y era su risa espuma, bajo la cual el mar hondo de las pasiones permanecía invisible.

Ignoraban que, oculto en lo más hondo de la fruta de su juventud, el gusano de la desgracia había empezado a oradar ya, de dentro afuera, su caminito negro, inexorable.

Capítulo III

Los primeros síntomas fueron casi imperceptibles y se engendraron, sin duda, en aquel trueque de facciones entre las dos muchachas. Los segundos los trajo Jaime de su viaje a tierras remotas, a modo de contrabando indómito comprado y escondido en su alma, hasta entonces dócil, en uno de esos puertos donde confluyen las razas y los vicios de varios continentes. La revelación postrera, volcán abierto de improviso sobre una montaña umbrosa y florida, la tuvo José-María la noche aquella en que, arrastrado por el hermano menor, fue al circo.

La tarde en que llegó Jaime de su primer viaje, cuando estaban en el muelle esperando el atraque del buque, José-María dijo a sus hermanas:

—No quiero que lo disgustemos. Ni una palabra de vosotras... Puesto que va a estar tan pocos días, que no se vaya preocupado.

La boca carnosa y golosa se contrajo en la cara rubia, y los finos labios exangües trazaron en el rostro moreno una línea de tesón cruel. Por obra de aquella boca ávida que ponía en toda la faz, desde el pelo de aureola al vértice tenuemente velloso y casi vegetal de la barbilla, un reflejo rojizo, de sexo. Amparo, estremecida apenas escuchó la primera palabra de solicitud, a modo de centinela que esperase el primer alerta de la pasión, enamoróse de un mozo vulgar empleado en el almacén situado en la planta baja de la casa, mientras Isabel-Luisa, con cautela sagaz, sin otorgar la menor concesión, manejando una coquetería de ojos bajos y graduadas frialdades, tenía soliviantado al hijo del banquero en cuyas oficinas trabajaba José-María. Éste sufría por igual de las dos amenazas, pues si anhelaba para la primera un hombre de otro rango, no quería que, por el dinero nada más, un canijo, sietemesino también de alma, pudiera comprar a Isabel-Luisa con la garantía única de un sacramento.

Desde el primer momento comprendió que carecía de energía para oponerse a que una de las bocas buscase con ingenuo impudor ocasiones para convertirse en camino de las entrañas, y a que la otra mordiese, en silencio, palabras e intenciones. Y su aptitud maternal solo manifestada, hasta entonces, en cuidados femeniles y en minuciosidades heredadas de la mujercita de incansables manos, mostróse en esa primera encrucijada de la vida pura y desvalida. Ante el comienzo de aventura de las dos bocas, José-María siguió siendo «la madrecita», y no pudo hacer más que lamentarse y sufrir.

Cuando el buque se reclinó a reposar en el muelle, les devolvió un ser cuyo busto casi habían desconocido desde un rato antes entre el techo de planchas y la faja blanca de la toldilla. Era un Jaime nuevo, curtido de cierzos y de soles, más fornido, con algo de imperativo y de excesivamente desenvuelto en los ademanes, iluminado a menudo por una sonrisa casi procaz, de superioridad. Y sus hermanos, viéndolo ir y venir por el buque, despedirse reteniendo manos y sosteniendo miradas, estaban absortos, en una admiración algo medrosa. Cuando lo abrazaron los tres —Amparo más fuerte que ninguno—, sintieron una impresión de extrañeza. Ya en la escalerilla, Jaime se volvió a decir adiós con la mano a una mujer joven, y para aplacar las miradas interrogativas de los suyos, explicó:

—Es la hija de un domador de fieras. Viene toda la compañía con nosotros: gentes estupendas... Hoy mismo armarán aquí el circo y pasado mañana debutan. Iremos tú y yo, José-Mari.

En la casa, Jaime fue como un espectáculo amedrentador. Cantaba, al levantarse, canciones desconocidas; iba por entre los muebles sin la mesura cuidadosa de los otros; echaba en la sobremesa la silla para atrás, balanceándola sobre las patas traseras mientras contaba aventuras increíbles y hablaba de la estupidez de vivir en un solo sitio, y de la grandeza del mundo, cual si la hubiese medido con el inquieto compás de sus piernas. Entre risotadas excesivas —risa ya hecha a dominar el tumulto del mar—, burlóse de los licores caseros hechos por José-María, y sacó de su equipaje una caneca de Ginebra. Y de vez en cuando soltaba la copa, lanzaba un insulto contra los burgueses, perseguía una imagen turbadora y solo visible para él en el humo del cigarro, y cerraba el puño en espera de una contradicción que no llegaba.

Encarándose con Amparo, le preguntó:

—Qué, ¿tienes novio?

Y sin cuidarse del silencio, volvióse hacia la otra:

—¿Y tú?... Bien: no queréis decírmelo... De dar tumbos y tumbos por ahí se aprende la vida... ¡Hay que gozar, muchachas! El que de seguro tendrá ya pecho donde apoyarse eres tú.

José-María vio los ojos aventureros clavados en los suyos, y bajó la faz encendida en un rubor mucho más intenso que el de sus hermanas. Jaime aparecíasele tan ajeno, que deseaba que se fuera pronto; y solo cerrando los párpados y eliminando algunas entonaciones harto broncas, reconocía en él un resto de la voz que le había dicho adiós un año antes desde el mismo muelle en donde lo viera volverse para dar una despedida capciosa a la hija del domador de fieras. Cuando, al otro día, mientras él estaba en la oficina Isabel-Luisa y Amparo salieron solas con él, casi tuvieron miedo.

La noche en que debían ir al circo José-María hubo de esforzarse para no dejar de cenar. Estaba intranquilo. Ráfagas de presentimiento hacían oscilar la llama de su alma. Estuvo por decirle a Jaime que no iba, so pretexto de no dejar solas a las muchachas; pero Amparo previno el falso escrúpulo antes de formularse:

—Ya es hora de que salgas a divertirte siquiera una noche. Nosotras nos acostamos tranquilitas, y en paz.

Y cual si la boca calculadora quisiera garantizar con su vigilancia los posibles desmanes de la otra, Isabel-Luisa añadió:

—Puedes irte tranquilo, que no nos separamos ni un minuto.

Ya José-María había sospechado que entre la hija del domador y Jaime existía algo; pero apenas estuvieron los dos solos, en la calle, la mano fraterna cogiósele al brazo, y el rostro aproximóse confidencial. «¡Era una mujer maravillosa, única! Hecha a luchar con hombres y fieras tenían sus caricias un sabor terrible. Besarla era como estar en capilla. A pesar de que en los malditos barcos españoles nada se puede hacer, porque el capitán se cuida más de la moral que del mal tiempo, él había logrado verla una vez en mallas, de lejos, igual que iban a verla poco después, en el número final, haciendo ejercicios sobre el trapecio entre los tigres y los leones. ¡Qué mujer admirable! ¡Qué formas! La escultura de una de las negras del Senegal con piel color de día, rubia y rosada... ¡Ah, solo por eso vale la pena de viajar, José-María! Las mujeres que uno ve desde niñas, haciéndose, no son iguales a las que se encuentran de pronto. ¿No te pasa a ti con las que vienen aquí los veranos?»

Pero José-María apenas lo escuchaba. El rubor que antes encendióle el rostro, quemábale ahora todo el ser. Sentado en la silla al borde de la pista, bajo el enorme cono de la lona serpeado de cuerdas y reflejos, miraba pasar los números sin complacencia, en espera de no sabía qué, y apenas oía ya las palabras candentes de Jaime, atento al confuso rumor de su espíritu.

El olor de muchedumbre apiñada uníase al aliento agrio emanado por las jaulas de las fieras, invisibles y próximas. Los payasos no lo hicieron reír ni los ilusionistas lo sacaron de su ensimismamiento. Al despejar la pista para colocar el fuerte enrejado que la transformaba en inmensa jaula, de cuya cúspide pendían dos trapecios, el malestar de José-María acrecentóse. Frente a ellos, por un portillo al cual se adosaban los cajones en donde viajaban las fieras, penetraron el domador de altos bigotes, vestido de calzón joyante, y una mujer y un hombre cubiertos con mantos oscuros. Enseguida, en saltos tímidos, comenzaron a entrar el león reumático, el tigre morfinómano, las dos panteras a quienes la alternativa de renunciar a la carne o morir había transformado en vegetarianas. Los rugidos despedazaban el silencio. El público contenía la respiración más por deseo que por temor de tragedia. Y en tanto el hombre de los bigotes enhiestos y el calzón de raso chasqueaba la fusta, la diestra de Jaime oprimía el brazo de su hermano exhortándolo a no perder el espectáculo deslumbrador de ver caer aquel manto oscuro que ocultaba la estatua apasionada presta a surgir.

—¡Mira!... ¡Mira!

A una señal, las dos crisálidas emergieron dejando en tierra la fea envoltura que embotaba sus formas multicolores, y cuatro brazos se tendieron hacia los trapecios. Hubo una doble lección de escultura violenta, hecha de músculos, de forzadas sonrisas, de emanaciones de juventud poderosa. Fieras y hombres miraban, con el mismo mirar, el rápido bambolearse de los dos péndulos humanos. Los verdes, los rojos, los azules, los amarillos luminosos de los trajes, fundíanse en un solo color indefinible, frutal aún. Y, como un eco de aquel movimiento ritmado por el látigo y por el allegro cobrizo de la charanga, personas y bestias cabeceaban, cabeceaban... Al final del número, el león y el tigre, rampantes, a uno y otro extremo de la línea recorrida por los acróbatas, recibieron a los gimnastas entre sus garras, en un abrazo repentino que alzó alaridos de voluptuosa angustia. Y, por último, en carrera circular dirigida desde el centro por el domador, la mujer, el hombre y las fieras formaron, durante pocos minutos, una rueda de vértigo cuyos radios sonoros trazaba la fusta.

Se quedaron largo rato sentados, mientras salía la multitud, hasta que las crudas luces de los arcos, que también hacían volatines al extremo de los alambres, se extinguieron. Luego entraron a saludar a los protagonistas de la fiesta.

Encogido durante las presentaciones, José-María tuvo un momento entre su mano la tibia de la mujer, la de su compañero de hazaña y la del domador. Los invitaron, casi por fuerza, a tomar unas copas de coñac y Jaime supo, con júbilo, que en la primera escala de su buque volverían a encontrarse. Ya en la calle, oprimiendo de nuevo el brazo fraterno, vanidosamente interrogativo, el marino preguntó:

—¿Qué te ha parecido? Ya verías cómo me miraba. Es una mujer de primera. ¡Ah, por una hembra así, aunque hubiera de desembarcarme de diez buques!... ¿Te fijaste en sus ojos? ¿En su boca?

Sin estas dos últimas preguntas, la dulce autoridad de José-María habríase alzado temerosa, presta a protestar o a persuadir. Pero la respuesta, surgiendo repentina en su mente, fue tan inesperada, tan turbadora, tan nueva y pavorosa para él mismo, que hubo de apretar los labios, según solía hacer

Isabel-Luisa, para que ni una palabra revelara el hirviente abismo abierto de pronto en su conciencia. Jaime iba saturado del propio deseo, y por eso no pudo advertir su estupor ni leer en sus ojos mojados de espanto las contestaciones. Pero su alma debía grabarlas con trozos de fuego en cada una de sus facciones: «No, no se había fijado en la mujer... Ni siquiera sabía si era rubia o morena. Sus cinco sentidos sumados al de la vista, no habíanle bastado para mirar, con todo anhelo, con todas las potencias sensuales dormidas hasta entonces, sin que su razón se diera cuenta, a otra parte. Desde que las dos crisálidas dejaron en el suelo la envoltura, un instinto imperativo, adueñándosele de la mirada, borró por completo la estatua femenina, las fieras, hasta la multitud. Fue un largo y hondo minuto, turbio, lleno de removidas heces de instinto, en el cual su razón, su moral, su pudor, sus timideces, su dignidad misma, sintieron estallar debajo de ellos una erupción repentina e irresistible. Y ahora, en medio de la calle, dando traspiés que, por fortuna, Jaime atribuyó a su falta de costumbre de beber, confesóse sin medir aún todo el alcance terrible del descubrimiento, que solo el eco del tacto de una de las tres diestras estrechadas persistía en la suya, y que solo una figura perduraba en su retina y en sus nervios: la del hombre... ¡La del hombre joven y fornido nada más!»

Capítulo IV

En casi todas las vidas existe una noche en donde las ne-
gruras del sufrimiento se precipitan; una noche oscura del
espíritu, cuyo tenebroso recuerdo nos persigue hasta en los
más irisados días de después. Noche durante la cual todo el
amargo sentido de la existencia se destila segundo a segundo,
en el insomnio. Hasta esa noche no se sabe la verdadera ex-
tensión de las horas. En ella los miedos no logran tomar voz,
y se quejan las cosas con misteriosos ruidos, y palpitan los
relojes queriendo adelantarse para escapar al deber de medir
minutos tan hondos, y el viento y los perros ululan, y cantan
los gallos ávidos de forzar el alba.

Cuando llegaron a la casa, Amparo e Isabel-Luisa dormían. Al encender luz, Jaime se asustó de la faz desencajada
de su hermano:

—Se ve que no tienes costumbre de trasnochar.

—Sí.

—Pero no estás malo, ¿eh?

—No. Cansancio... Apaga, por Dios.

—En el puente y en el cuarto, de doce a cuatro, te quisiera
yo ver.

Dormían en la misma alcoba. Jaime en la cama de hierro;
él en otra improvisada con la meridiana, sillas y un colchón.
Las dos noches anteriores, habíale parecido que Jaime se
acostaba enseguida, sin detenerse como él a doblar el traje;
y ésta lo veía ir y venir, impaciente, casi con ganas de gritarle que concluyera de librarlo de la tortura de la luz. Por
fin apagó, y, todavía, durante largo rato, José-María no se
atrevió a asomarse a su propia alma por el estorbo del punto
rojo del cigarrillo, que languidecía al separarse de la cama
y, al poco rato, subía hasta el rostro y, al avivarse junto a la

boca, lo alumbraba casi. Cuando, por fin, la pupila viajera se extinguió y la respiración de Jaime se hizo más sonora e isócrona, José-María arrancóse de su sopor de espera, y se puso a mirar dentro del precipicio abierto aquella noche en su ser.

Una claridad sulfúrea iluminaba los resortes más recónditos de su vida, hasta el confín de la niñez. Todo se encadenaba y explicaba. ¡Qué luz cruda, implacable; qué lógica horrenda! Los menos conscientes movimientos de su alma y de su carne, cordinábanse y adquirían sentido. Ahora aquel retraimiento infantil, aquel entretenerse con muñecas y vasijitas, aquel huir de los juegos violentos de los chicos, adquirían valor de manantial, donde nacían las pestilentes aguas que, sueltas de súbito, amenazaban ahogarlo. Cien interrogaciones, henchidas de asco y de lástima al par, se entrecruzaban en su mente, cual si una parte crítica, libre aún de la contaminación, quisiera averiguar cuándo y por qué medios aquella fístula en el instinto había desviado el rumbo de su vida... Hasta allí donde la infancia borra en lo externo las diferencias del sexo y lo expresa con los colores del atavío, hallaba su memoria indicios. De más allá que su razón, veníale la voz irónica de la naturaleza diciéndole: «Desobedece tus formas, vuelve la espalda a tu condición viril». Ya en los primeros recuerdos de pubertad, los indicios se convertían en síntomas: No, no había fumado ni resistido nunca el vaho del alcohol. Ruedos de faldas sirviéronle siempre de regazo. En el sosiego, en la limpieza hogareña, en el seguro de los seres débiles había ido larvándose su predestinación. La dulce convivencia con sus hermanas, las horas domésticas de guisos y costuras, de arreglos, de suave goce entre encajes y cintas, de hábil copia de los patrones publicados en las revistas de modas, tomaban ahora, en el recuerdo, densidad malsana. Las mismas virtudes ensalzadas por la voz popular: su minuciosidad, su espíritu de orden, mostraban, alumbradas por la vivisectora luz, un revés repugnante. ¡Todo él era cual falsa medalla dorada, en el anverso, para engañar a los confiados, cuyo reverso delataba el metal vil, roído de carroña! ¿De cuál antepasado le venía la degeneración? ¿O habría brotado en él por mal milagro, invistiéndole del funesto deshonor propio del cabeza de una estirpe de sexo espurio, marcada por la Naturaleza con la ambigüedad del hermafrodita?

¡Ah, bien percibía ahora la causa de su enervamiento cuando el compañero albino, en la oficina, se inclinaba sobre él para darle los datos de las notas de arbitraje o indicarle el descuento de los giros! Hasta su turbación al esquivar o sostener algunas miradas de hombres, en la calle, tomaba sentido pleno, de acusación. ¡La madrecita alabada por todos era un monstruo, un lirio de putrefactas raíces!... Y, poco a poco, al resucitar en el alma y en la piel la impresión reveladora que el Hércules del circo le sacó del secreto de la carne y del alma, una angustia irrevocable lo oprimía, y nuevas interrogaciones, más exigentes cada vez, enrarecíanle el porvenir.

¿Adónde le llevaría aquella desventura? ¿A la deshonra? ¿Al vilipendio? ¿Llegaría a ser uno de esos seres abyectos, andrajos vivos por igual ajenos a la belleza frágil de la mujer y a la hermosura masculina, de quienes se huye, y a quienes se cita como cifra de escarnio? ¿Por qué la Naturaleza había ido a equivocarse en él, en él que hubiera querido conservar y aún abrillantar, si fuera posible, el nombre del padre heroico aureolado por la distancia y por la muerte? Si debió ser hembra, ¿por qué no haber nacido completa, otra Isabel-Luisa, otra Amparo mejor? Y si debió ser hombre, el varón necesario para regir la casa y sujetar las pasiones de todos, ¿por qué no haberle dado la musculatura y el temple del que allí, junto a él, casi insultaba con su compacto sueño aquel insomnio?

El recuerdo de su propio cuerpo lo asaltó como un dato más, y en un movimiento irreflexivo encendió la luz. El sueño de Jaime era tan macizo, que ni se movió siquiera. Estaba destapado de cintura arriba, y el dorso tostado y peludo acentuaba la expresión angulosa del rostro. José-María se incorporó y, en la Luna del armario, vio, con ira, cual si se tratara de un personaje desconocido hasta entonces, su faz y su tórax. La piel impúber, las formas túrgidas, completaban la imagen ya anticipada por el pensamiento. Un halo ambiguo, de carne y de formas indecisas entre los dos sexos, diferenciaba su torso del velludo de Jaime. Equívoca dejadez afinaba las facciones: la boca participaba de algo de la de sus hermanas; en las violetas de las ojeras, el verde de los ojos tenía un raya anormal, triste. Y por esa tristeza el odio se fue trocando poco a poco en lástima. Hubiera querido desdoblarse, volver sobre el resto de su pobre ser lo mejor de sí, para acariciarse y consolarse. ¡Pero no: ese ansia de consuelo y caricia era feminidad también! Triunfaría de toda flaqueza malsana con rigores. Cura de fuego y hierro, sin contemplaciones...

¡No, él no quería sucumbir, él no quería deshonrar el nombre ni manchar el escudo grabado por sus antecesores en piedra! ¡No quería, tampoco, por admiración al sexo del que habría sido esclava feliz de haberse cumplido su destino de hembra, deshonrar la apariencia de hombre completo confiada a su responsabilidad! Lucharía, pisaría con la voluntad, hasta exterminarlo, aquel ser de abominación recién nacido y tirano ya. Ahogaría en el trabajo los malos instintos. ¡Quitaría de su nombre aquel María invasor, y sería José, ¡José nada más!, para siempre!

Lo que de hombre había en el misterio de su organismo, se irguió con tal fuerza, que la alcoba crujió e hizo moverse a Jaime. Entonces una mano rápida y pudorosa —la de la María que había pretendido aniquilar con su primer ímpetu— apagó la luz.

—¿Qué te pasa, ¡ajo!? —masculló Jaime.

—Nada... Una pesadilla... Nada. No grites así.

—Pues a mí me has sacado de un buen sueño, ¡caray! Vuélvete del otro lado y no chinches.

José-María, acometido de una debilidad inmensa, sintiéndose completo en las dos mitades sexuales que cobijaban sus dos nombres, ocultó la cabeza debajo de la almohada, y se puso a sollozar sin ruido. No lloraba por él, sino por sus antepasados, por sus hermanos, por los hijos que ellos pudieran tener, a los cuales iban a legarles un nombre sucio. Su llanto era ese llanto silencioso, casi subterráneo, de las madres.

Capítulo V

Llegó el día de la marcha de Jaime. Desperezóse el buque entre crujidos e, irguiéndose, se lo llevó mar afuera, mientras quedaban en el muelle los tres hermanos y, separados por muchedumbre de deudos, empleados y curiosos, la mujer y el hombre vistos dos noches antes en el circo, bajo las sedas de colores frutales sin cuyo lenitivo la multitud y las fieras mismas no habrían podido resistir tranquilas su carnal presencia.

Una sensación de viaje ilusionaba al muelle, y los pañuelos parecían ecos de las espumas. En la matinal transparencia, a lo lejos, la brisa hacía cosquillas al mar, vasto, risueño, de un azul sin mácula. Al término de la naciente estela el navío recobraba su silueta romántica. De pronto, al volverse hacia la ciudad, dos grupos, uno de tres personas y otro de dos, se acercaron cual si fueran a unirse por razón de haber ido a despedir a la misma persona, y luego de una inclinación de cabeza anduvieron muy próximos, paralelos, para volverse a separar apenas llegaron a la opuesta acera. Un rencor angustioso, violento, endurecía a José-María. Con manos ásperas por primera vez, retuvo a sus hermanas.

—No os apresuréis. Dejadlos pasar.

—Es la del circo, ¿no?

—Y su hermano... o su novio, vaya usted a saber... Aunque se parecen tanto, que...

—¡Eso sí que es un hombre! —dijo Amparo con la boca vibrante.

Fueron no más unos minutos, unos pasos, y José-María creyólos horas y cuesta abrupta al término de la cual se elevara una cruz. Sentía su peso sobre los hombros del alma, y la presencia acusadora y odiosa del Hércules lastimábale hasta las raíces del ser, en sonrojo infinito. Su castidad no podía conocer el ejemplo de esos contactos brutales hijos de la cegadora fiebre del deseo que, apenas ahíto éste, truecan la fatigosa lucidez en ansias de huir y de limpiarse con todas las aguas puras del mundo. Y era esa misma sensación, pero multiplicada, agravada por el vilipendio de lo inconfesable.

De regreso a la casa, bajo la luz tanto tiempo escénica de la pantalla, en los tres rostros hubo todavía un eco de aquella presencia desconocida y turbadora, que solo en uno de ellos había de marcar para siempre huellas de desventura.

—Ya estará Jaime lejos —suspiró José-María, para suavizar un silencio demasiado largo.

Y cuando la última onda sonora de la voz iba a enterrarse en las sombras de los rincones, Amparo, mirando de frente a Isabel-Luisa, comentó:

—Si le dieran los millones de tu banquero a aquel tipazo, ¿eh?

—O siquiera al empleado de abajo, chica. No hay justicia.

—¿Qué es eso? ¡A callar!

Hubo algo imperativo, exasperado, nuevo e inapelable, en el tono de José-María al cortar la esbozada riña, porque las dos bocas femeninas se detuvieron, y largo rato volvió a llenar el comedor un mutismo hosco.

Mas antes de que el desconocido del circo pasara a ser en su alma y en su carne el primer oscuro eslabón de una cadena de abnegaciones y servidumbres, ejerció en las dos muchachas un influjo debido acaso a la homogeneidad de su fluido sensual con el de los Vélez-Gomara. ¿No había, la mujer, traído ya, de lejos, la voluntad de Jaime inerme entre sus redes? Por involuntaria comparación el objetivo inmediato de sus vidas empezó, en los días sucesivos, a parecerles indigno; y sin ponerse de acuerdo, Isabel-Luisa depuso su asedio al capital del banquero entero, y Amparo rompió sus relaciones con el vecino del piso bajo.

Las tres imaginaciones giraban en el vacío, desgastándolos a espaldas de la conciencia; desde lejos, sin necesidad de emplear ninguno de sus recios músculos, el Hércules apolíneo impulsaba aquel girar ardoroso. Jaime y el circo estarían próximos a llegar al puerto en donde se habían dado nueva cita, y detrás, una casa, desequilibrada por su paso, realizaba esfuerzos para recobrar su centro de sustentación.

Al recibirse la primera carta de Jaime, todos buscaron en ella, por tácita ansia, una referencia ajena a él, que no venía. «El viaje había sido magnífico. Buen tiempo. Se divertía poco...» Ellos le contestarían, creyendo ser sinceros también: «Seguimos buenos. Nada cambia por aquí. Cuando vuelvas nos hallarás lo mismo...». ¡Y ya no se volverían a encontrar nunca más! ¡Y todo había cambiado, para siempre!

Un momento pareció que el cráter del volcán iba a cerrarse, y que la humilde feracidad de sus vidas vírgenes no revelaría la ígnea corriente subterránea. Emperezábase el verano en brazos del otoño. Comenzaba a enflaquecer el estuche de días del almanaque, y ya las noches eran frescas. La vida pasional de la ciudad iba a ceder al anticipo de ceniza con que, desde principios de octubre, las brumas del mar anunciarían la cuaresma, y había en las naturalezas un sosiego suavísimo. La misma Amparo, que desde la ruptura con su primer novio había tenido tres más, llevaba unos días tranquilos, absorbida la potencia morena de los labios por toda la rubia languidez del resto del ser.

Algunas tardes, José-María encontraba, al regresar del trabajo, al viejo Bermúdez Gil en la casa, y se establecía entre los cuatro una plática buena y leda, hasta muy tarde. Era dulce aquel conservar empezado con vislumbres de Sol en las montañas, y concluido bajo una sombra de nocturno azul, en la cual se iban fundiendo poco a poco formas, facciones, brillos de pupilas, y de la que solo concluía por destacarse, fosfórica, la manecilla de la brújula colgada de la cadena de reloj del anciano.

—Tu jefe está muy contento de ti, José-Mari. Te ascenderán después del balance. Y el día de año nuevo quiere que vayáis por la tarde a su casa.

Isabel-Luisa se irguió en el asiento. Una sonrisa irónica quiso alumbrar entre los dos labios gruesos de la boca morena usurpada por el rostro rubio de Amparo; pero ademán y gesto anuláronse en la penumbra, y el viejo prosiguió:

—Estoy muy contento de ti, y si tu padre viviese también lo estaría. Honras su nombre, sí. Lo dicen todos.

José-María se estremeció. Un sonrojo interno le daba impulsos de gritar «¡No, no lo honro! Precisamente para no deshonrarlo tengo que apretar los ojos y los puños de noche, que contar miles y miles a fin de no pensar en nada ni en nadie hasta que viene el sueño, que trabajar en la oficina sin mirar a ninguno de mis compañeros, sobre todo al muchacho albino... El último: el que está en presidio, el que ha robado, el que ha matado, puede mirarme con desprecio. ¡Ah, si ustedes supieran mis torturas!... Por mi conducta, hasta ahora, sí, lo honro: He sido buen hijo, buen hermano... ¡he sido hombre! Pero ¿y desde hoy? Esta tranquilidad que ahora me tiene como adormecido, ¿seguirá cuando la primavera raye de verde los troncos de los árboles y haya otra vez flores y alegres brisas, y huelan los jazmines a sueño y los geranios a acción apasionada? ¡Honrar a mi padre, salvar su blasón de toda mancha! Sí, sí, eso quiero. Cuidaré de Jaime, de estas dos, y, todavía más, de mí mismo, porque junto a la deshonra que yo podré echar sobre su tumba, los extravíos de Jaime, la mala boda de Isabel-Luisa y hasta la posible caída de Amparo, arrastrada por sus labios carnosos en cualquiera de los amoríos a que se entregaba ciega y crédula, no serían nada. Entre todos los pecados posibles, el mío sería el más hediondo, el más denigrante. Hasta la deshonra tiene matices. En la ciénaga hay capas, y la más fétida, la de imposible remisión, era la que alimentaba las raíces de su ser.

Todo eso lo pensaba en uno de esos raros segundos de superficie breve y de fondo inmenso. Ni sus hermanas ni Bermúdez Gil notaron que su silencio había durado un punto más de lo normal cuando respondió:

—Debemos honrarlo. Lo que hizo papá por nosotros...

—Y a tu pobre madre también —dijo la voz amiga.

José-María calló. Iba a responder, un dique doloroso estancóle en la garganta las palabras. Sus manos activas le recordaban otras manos; las inflexiones de su voz, sus gestos y ademanes que ahora espiaba en los espejos con mirada severa, le recordaban los maternos; y, sin embargo, una sequedad casi rencorosa impermeabilizó contra toda ternura su espíritu al choque de la evocación.

Ni la pereza ni la desmaña ambizurda del gigante suicida entraban para nada en su persona: él odiaba el alcohol, era capaz de la energía cotidiana, repugnaba la explosiva violencia, amaba el orden, la limpieza, el ahorro. ¡Y, en cambio, su madre!... Sentíase más, infinitamente más que sus dos hermanas, heredero de ella, cual si por demoníaca encarnación lo hubiera concebido sin contacto de hombre; y, por eso, una protesta amarga se cuajaba contra el vientre que no supo hacerlo por completo varón o por completo hembra. Para justificarse ante la creciente ola de menosprecio con que se juzgaba, deteníase a veces, y, encarándose con un testigo invisible, decía: «¿Qué culpa tengo yo? ¡Si fuera un vicioso, un vil caído por lujuria en la renegación del sexo, merecería que se me escupiera! ¡Pero, si dentro de mí, me siento blando, femenino! ¡Si desde niño gusté de cuanto las mujeres gustan! Si la naturaleza, o Dios, o Satán iban hacerme mujer y, cuando ya estaban puestos los cimientos de mi ser, se arrepintieron y echaron de mala gana arcilla de hombre, ¿qué he de hacer yo? Tal vez ella, mi madre, quisiera tener la primera una hija... Sí, eso debió ser».

Por este resentimiento y por la idea de que un deber salvador lo obligaba venerar a su padre, retratos de éste repetían su caraza de gigante con media alma en todas las habitaciones, mientras la fotografía única de la mujercita de manos siempre vivas quedó secuestrada en el álbum de pastas de terciopelo esquinado de cobre. Y, parásito hasta después de muerto, la efigie del padre llenó la casa con su presencia espiritual, exigiendo intereses de sacrificio al acto de haberse matado después de concertar un seguro y al haber recogido de sus ascendientes un apellido heráldico.

Pasó el otoño. Fue un invierno tranquilo, en el que, sin el medio al mal retoñar, José-María habría podido ser feliz. Pasaba los días en una zozobra de espera, cual si su dolor estuviese adormecido, pero dispuesto a despertar más agudo apenas el anestésico del frío y de las oblicuas lluvias soltara de las amarras de la voluntad sus nervios y su piel.

Salvo repentinas borrascas, el carácter dulcificábasele, y una exorable comprensión se emanaba no de su inteligencia, sino de las entrañas hacia todos los suyos. Sentía anhelos de perdonar por si algún día tenía que ser juzgado y perdonado.

—Cada vez escribe menos Jaime —solía decir con palabras mordidas Isabel-Luisa. Concluirá por olvidarnos del todo.

—Ya escribirá, mujer. Y si no escribe, no ha de pensarse mal: su vida no estará tan estúpidamente vacía como la nuestra... Además, no debemos dar tres cuartos al pregonero, que a nadie le importa. Nuestro deber es callar hasta lo más mínimo que pueda empañar el nombre de papá, ya sabéis.

—Sí, sí.

Y él lo callaba. Lo callaba hasta para con sus hermanas, ya que no podía callarlo para consigo mismo. Al enterarse de que Jaime había abandonado el buque once meses después de su partida, inventó la noticia de que fue contratado por una Compañía extranjera con mucho mejor sueldo, y le escribió a los dos o tres puertos en donde sospechaba pudiera hallarse, diciéndole que, si no por ellos, por el nombre familiar escribiese confirmando su mentira, y diciéndole, solo a él, si necesitaba algo. No obtuvo respuesta. Isabel-Luisa, que había vuelto a dirigir la batería de sus gracias contra el hijo del banquero, completó su queja de días antes, declarando una noche:

—La familia se ha reducido a tres.

Él la reconvino y, por reacción, empezó a derivar hacia Amparo una simpatía teñida de piedad: de piedad por sus defectos, hermanos aunque mucho menores, de los que él sentía dispuesto a despertar en sí en cuanto avivase todos los rescoldos de pasión la primavera.

—Tú, al fin y al cabo, eres como eres, pero echas de menos todos los días carta de Jaime, ¿verdad?

—Claro... Y me lo comeré a besos cuando venga.

Era como era, sí: cándida e infiel, igual que una paloma. A cada solicitud de amor, el cerebro se le cerraba y se le entreabrían los labios. ¡También ella sufría de un capricho de las potencias que rigen nuestro destino! Si en lugar de la boca de brasa blanda, que proyectaba sobre su carne rubia un fulgor moreno, tuviese su boca verdadera, la casta y estrecha que le usurpaba Isabel-Luisa, ¿no habría sido toda la vida fría, sosegada, feliz? Sí, a pesar de la boca, muchas veces a las ventanas de azuloso betún con rejas de rimel se asomaba una mirada niña, indefensa.

—¡Si vieras cuánto te quiero, Amparo! Tú y yo tenemos que velar aún más que ellos por el buen nombre de papá... ¡No es culpa nuestra, pero!... Hay que proceder siempre como si nos estuvieran mirando. Llevamos un apellido noble... No hay más remedio.

Ella se ovillaba con felino ronroneo entre sus caricias, y él la contemplaba con un miedo profundo de la carne y del pensamiento, seguro de que si otras manos que las suyas tocaran la piel a la vez ardorosa y fragante, quedarían abolidos todos los respetos y las mejores palabras trocaríanse en suspiros. Viéndose como en un espejo en el parecido fraterno y asustándose de que su cuerpo pudiera alguna vez curvarse así, esponjarse así en una absorción sensual culpable, José-María sentía agobios. Entonces, valiéndose de cualquier pretexto, la regañaba, y luego, de noche, en el insomnio, se increpaba a sí mismo con palabras atroces, injustas...

—He sido un bruto... Yo que no tengo derecho a reñir a nadie... ¡Y por eso!... ¡Y a ella, a la que hubiera querido parecerme!

Al llegar la primavera el José-María del circo despertó.

El anestésico invernal se fundió en una noche con la primera lluvia de abril. Al salir de la oficina, al filo último del crepúsculo, José-María no pudo obedecer a las voces de sensatez que le aconsejaban ir a encerrarse en su casa. La ciudad, anfibia, duplicaba las luces que ahondaban en el asfalto una dimensión misteriosa. Olía a tierra húmeda, y en el aire, electrizado por la tempestad, tornábase más ancho e ingrávido el pecho. José-María fue, sin saber por qué, hacia los muelles.

El límite entre la ciudad y el mar habíase borrado. Una orgía de luces entre las cuales el crudo violeta de los arcos voltaicos, la blancura espectral del magnesio, el amarillo de los fúnebres faroles y los rojos azules y verdes de los buques copiaban el arco iris inexistente en el negro cielo de tormenta, prestaba hasta a los sitios más familiares una novedad de aventura. Algo de pueril fiesta veneciana habría alegrado el ánimo si un no sé qué de turbio, de neblinoso en los cuerpos y en las intenciones, no diese a cada paso trémulo sentido de riesgo... Allí, en aquel sitio del muelle, había estado reclinado el buque que se llevó a Jaime. Aquí, en este mismo lugar, estuvieron él y sus hermanas... Por aquí, por este mismo andén, marcharon paralelamente ellos tres y los otros dos: la mujer que, acaso, era ya dueña de la vida de su hermano y el hombre odiado, ¡el hombre maldito!...

Tembló. Tres marineros cogidos por los brazos venían tambaleándose al compás de una canción alcohólica y lúbrica.

Una voz de timbre macho, joven, dominaba a las otras. José-María se detuvo lleno de un terror, infinito y delicioso, de mujer. El grupo se acercó, cruzó, se alejó, mientras él, sin aliento, presto a romperse, como un cristal sutil, al menor toque de una palabra o de unas manos audaces, quedaba en una medrosa suspensión de vida, protegido por un jirón más intenso de sombra.

Después, en una sola carrera, huyó hasta su casa y, al entrar, abrazó y besó a Isabel-Luisa y Amparo, con la efusión vital de quien acaba de escapar a un gran peligro.

Capítulo VI

Esa huida de un enemigo que ni siquiera había reparado en él; esa carrera de brazos tendidos hacia las personas y sitios tutelares, para comprobar después que llevaba su enemigo en sí y que solo un tajo divino podría escindir las dos mitades hostiles de su ser permitiéndoles escapar una de otra, constituyó durante muchos meses la única aventura dinámica de José-María.

Pero que el aire fuera ágil y cargado de aromas; que estuviera saturado de luz y de perezas o presentase la cristalina transparencia invernal, su conciencia funcionaba inmutable, escandalosa y trémula, a modo de despertador incrustado en el reloj de su vida, exacto en el desencadenar alarmas al comienzo de cada hora propicia al sueño de las claudicaciones.

Para no poner ante sus pasos la negra cinta de un destino aherrojado en la alternativa del sacrificio y del vicio sin perdón, cerraba los ojos al pasado mañana y, marcándose cortas etapas de futuro, las seguía con obstinada voluntad.

Como en todas, hubo en la primera dos aspectos: el relativo a sus hermanos, a su apellido, y el relativo a él, «Mañana haré esto; pasado lo otro», decía, sin atreverse a ir más allá; pero vagamente, pensaba: «Contrariaré la expansiva sensualidad de Amparo, trataré de quitar del carácter de Isabel-Luisa esa frialdad utilitaria, seca... Habré de reencauzar a Jaime...». Y, por último, simultáneo a la observación de que todas estas faltas ajenas eran solo del carácter, se acordaba de sí, y decía torvo: «Y tendré que modificar también esta constitución física mía, que bastaría para delatar a cualquiera que viese mi cuerpo, el combate de insinuaciones y resistencias que se pelea de continuo en mí».

Le despachó a Jaime cartas donde el imperativo recorría desde la súplica a la exigencia. La gratitud debida al padre y la conducta debida al nombre ilustre de los Vélez tomaba bajo su pluma argumentos tan vehementes que el marino, por gratas que fueran las distracciones de su vida, no habría podido leerlas sin inquietud. La mayor parte de este epistolario no llegó a su destino, y al serle devuelto a José-María, éste volvió a leer las cartas escritas por su mano meses antes, cual si en vez de ser suyas le fuesen dirigidas por alguien muy íntimo: como si él fuese un poco Jaime, y un José-María lejano conocedor de sus zozobras, quisiera servirle de lazarillo en la infernal senda.

Mientras tanto, hacía media hora de gimnasia violenta todas las mañanas y, en el intervalo entre el final y la comida y la hora de regresar al escritorio, se sometía en la terraza, desnudo, al rigor del Sol, que le abrasaba la piel, le producía tremendas cefalalgias y dejaba dentro de sus ojos un chisporroteo de estrellitas cáusticas, terribles

—¿Has visto las herejías que hace este hombre? ¡Y con ese cutis de jazmín que da envidia! Te vas a poner hecho un moro —decíale Amparo.

—¡Ojalá! —respondía él con tanto ardor, que Isabel-Luisa, saliendo de su ensimismamiento, terciaba:

—Hay que dejar a cada cual con sus manías. Es el mejor modo de no reñir.

Y entonces el alma de José-María se abría en consejos que la boca morena recibía risueña y la boca rubia con un rictus casi sardónico.

Cuando, bajo la piel suave, los músculos fueron marcando sus protuberancias, José-María, a empuje del estímulo, empezó a aprender a fumar. Los esfuerzos para tragarse el humo le causaban tos y dolores de cabeza. A veces una colilla «olvidada ex profeso» para que le sirviese de testimonio viril, lo despertaba con su pestífero olor; y entonces todos sus esfuerzos por caer en la cama rendido y no dar al pensamiento ocasión de mecerlo con un vaivén que concluía diluyendo su voluntad en sensaciones equívocas, veíanse fallidos injustamente.

¡Para el menor resultado apreciable precisaban meses y meses de trabajo, mientras que las tentaciones y los sueños insinuábanse y se multiplicaban en menos de un minuto! Bastaban las candencias morbosas y estúpidas de un tango en la ciudad, el desarrollo mórbido de las olas en la playa, la ternura de algunos verdes en la campiña, la forma de alguna nube en el cielo para que el drama de su carne y de sus nervios tomase estado imperativo.

Los ojos y las manos se le iban a la menor distracción tras de las revistas de modas, tras de las labores de tijera y aguja que sus hermanas realizaban; pero no volvió a poner los dedos en ellas. Cuanta inclinación sospechosa movía su simpatía, era contrarrestada con rigor. Habituóse a andar a pasos largos, rítmicos. Usaba bastón, y en vano dejaba transcurrir tres y cuatro días sin afeitarse para dar a su rostro un aspecto áspero. Burlándose de esos esfuerzos, una voz interna le decía:

—Todo es inútil. Tu barba, tu cara envuelta en humo, tus trabajos, pueden menos que ese desasosiego muelle que a veces te turba. Los ejercicios de días y días, los sacrificios de meses, son vencidos por un mediodía de tormenta, por un tropezón involuntario con el compañero de la oficina, por una mirada imposible de sostener en la calle. ¿Recuerdas la impresión que te hizo ayer aquel vendedor? No se trata de una cosa que puedes adquirir o dejar, sino de una cosa que eres porque naciste así, porque te engendraron así. Y tarde o temprano...

Pero a esta ironía cínica respondía el carácter con nuevas precauciones, ahincando el ímpetu para cumplir las etapas sin desmayar.

De este modo llevó a término en secreto, valiéndose de un mayordomo viejo de la Compañía naviera, la investigación del paradero de Jaime, y volvió a escribirle. Cuando llegó su respuesta tuvo la voluntad de no abrir la carta ante sus hermanas. Y sin mover un músculo del rostro, sin apresurar el ademán, la guardó en el bolsillo.

—¿No será esa carta de Jaime? —preguntó Amparo.

—No. Es un asunto de la oficina que dije que me lo escribieran aquí. Cosa de un corresponsal de América.

Sin interesarse por la cuestión, Isabel-Luisa dijo:

—¿Sabes que la tía de tu jefe, como tú le llamas, de Claudio, quiere conocerte? Él me lo ha dicho. Sí, no me mires con esos ojos de susto. Aunque te lleva algunos años...

—¡Calla, mujer! Me da asco oírte.

—Ni una palabra más, hijo.

Atento siempre a observarse a sí mismo, José-María se puso a analizar el incidente mientras comía. La perfecta facilidad de su disimulo, la rapidez con que había mentido ante el generoso presentimiento de Amparo, dolíale tanto como la irreprimible repugnancia con que todo su ser respondió a la insinuación matrimonial de Isabel-Luisa. Al terminar la cena, con acento inseguro que quiso parecer valiente, anunció:

—Voy a dar una vuelta. Vengo pronto.

Había previsto una contradicción, siquiera una de esas sorpresas molestas que incitan a argüir; pero nada le dijeron, y salió medio decepcionado.

Ráfagas frescas venían del mar, e iba ágil, oprimiendo con la diestra, de tiempo en tiempo, según solía hacerlo en los tranvías cuando llevaba algún documento o valores del Banco, la carta de Jaime. Un farol de luz más viva y quieta que los otros lo incitó a leerla. La falta de intimidad de la calle cortóle el impulso, y entonces enderezó su marcha hacia un café del puerto. Turbado por el tumulto, por el vaho del alcohol, de humo y de respiraciones, sentóse en uno de los pocos sitios vacíos, entre varios militares y dos hombres de edad. Pidió jarabe de zarza, que halló desabrido y bebió a tragos casi dolorosos, sin atreverse a rechazarlo, y, enseguida, a pesar de las voces, del choque de las fichas de dominó contra los mármoles y del runrun de la inmensa colmena de zánganos, sintióse aislado, cual si en la vibración gárrula del café hubiérase hecho una extraña zona de artificial silencio.

Rasgó el sobre y, desde las primeras líneas, el tono desenredado de Jaime se le impuso. Al leer lo evocaba echado en la silla, hacia atrás, balanceándose y balanceando la cogida de licor con un aire envidiable de impertinencia, casi de amenaza.

Aun cuando la carta constituía un acto de remordimiento, José-María sentía, en vez de la severidad propia del jefe de familia, ganas de pedirle perdón. Jaime había desembarcado en Colombo. Daba la casualidad que estaba allí el circo; pero el desembarque no había sido por esa causa, sino por deudas de honor que le impedían seguir en el buque. El tedio del viaje indújole a jugar y tuvo mala suerte. «¡Cosas de la juventud! Claro que él, tan serio, tan perfecto, comprendería mal estas cosas.» Por eso no le había escrito antes. Pero hoy, en uno de esos días tristes en que hasta los más hombres sienten la necesidad de hablar con otro, aun cuando sea para acusarse, cogía la pluma, y... Acaso apenas echada la carta se arrepintiera.

José-María anegóse en una ternura deliciosa, tibia. La sospecha de que la mujer del circo más aún que la adversidad de los naipes, fuera causa del tropiezo de su hermano, quitaba valor de sinceridad a la carta. ¡No importa! —se dijo—. Sea un motivo u otro, yo debo ayudarle. Él no me lo pide; pero... Si dice con su jactancia de última hora que no me apure ni diga nada a Isabel-Luisa y Amparo, que es hombre de salir por sí solo de todos los atolladeros, yo no debo hacer caso... Urge mandarle dinero, no solo por él, sino precisamente por nuestro nombre, por la memoria sagrada de papá.

«¿Y si es la mujer solo? ¿Si ese dinero...?», insinuaba la voz de la duda. «¡Tampoco importa!», era la respuesta. Había que ayudarle en secreto... Y después de la decisión, el alma, con lógica y perversidad, recordaba al hombre que se parecía a aquella mujer, al que con haber estado frente a él unos minutos le aciduló toda la vida, y pensaba: ¿Cómo iba a resistir el pobre Jaime, que no tiene por qué contenerse ni avergonzarse, viéndola a todas horas, sintiéndola cerca, deseándola?

La presencia de la mujer parecida al hombre que le reveló la desventura de haber caído bajo una indecisión de la Naturaleza, justificaba todo. ¡Pobre Jaime! Al compadecerlo José-María, se compadecía a sí mismo también. Y casi deseaba que fuera mentira lo de las pérdidas de juego, para que el pecado del que ya consideraba él como mayorazgo de la familia, tuviese siquiera algo de común con el suyo.

Cuando una voz aguda pinchó la pompa de añoranzas en que está aislado y lo restituyó a la realidad del café, encogióse. En la mesa inmediata los militares disputaban, y uno más joven que los otros, de mandíbula brutal, golpeó con la diestra la cruz pendiente de su pecho. Era un mozo cetrino, áspero. Feo y violento entreveraba de palabrotas su discurso, y a modo de suprema razón daba puñadas en el mármol. ¡Cómo admiró José-María su empaque altivo! Y no había en su admiración, hecha de pura envidia, nada del atractivo turbio que, desde niño, habíanle producido otros seres de su propio sexo; nada del sentimiento de admiración delictiva que le produjo el Hércules del circo. Aquel hombre, tal vez en un segundo de cólera ciega o en uno de esos miedos absolutos que anulan hasta el instinto y obligan a huir hacia adelante, habría consagrado su varonía con cifra heroica; y él, el que en tantos minutos, en tantas horas de desmoralizadora primavera resistía al enemigo, se consideraba, frente a su fuerza ufana y armada, indigno, débil.

Con su mandíbula bruta y su alma forjada de un golpe, el militar podía mirar a no importa a quién cara a cara, y blasfemar y exasperarse a la menor contradicción, mientras que él, en cuanto dos ojos lo examinaban, sentíase obligado a humillar la cabeza. ¡Ah, de haber estado en la vida solo, de no tener la responsabilidad de tres destinos, él también se habría ido a la guerra, no importa a cuál, a pelear negro de humo, amarga la boca de pólvora y el alma de barbarie!

Pero no... Imposible: Jaime, Isabel-Luisa y Amparo llevaban también el nombre paterno y, acaso, no podrían resistir a los malos ímpetus como él. Allí estaba el ejemplo de Jaime, caído a la primera salida; tal vez ablandado por las peores flaquezas cuando él, envidioso, lo suponía en el puente, lleno el pecho de aire de mar y la mirada de horizontes.

Nada dijo a sus hermanas, y contó a Bermúdez Gil una historia rica en detalles, que para cualquier otro menos confiado que el anciano la hubiesen tornado sospechosa. Dos días después, tras varias tentativas en que se le secaba el paladar y el corazón le castigaba el pecho, pidió a su jefe dinero adelantado.

—Es para pagar un atraso. Desde luego yo armaré un documento. Le aseguro a usted que...

—Por Dios, Vélez... Si no hace falta nada de eso... Si necesita usted más, ya sabe. Fui amigo de su padre, y en la casa usted es lo menos empleado posible, sépalo. Además, como empleado no hay otro más concienzudo, más... Ea, tome, ya veremos el modo de desquitarlo sin que se le desequilibre demasiado el sueldo. ¡No faltaba más!

Aquella amabilidad lo turbó más que lo hubiera turbado la negativa temida. Pensó en Claudio, el hijo del jefe, y en Isabel-Luisa; en el recado de ésta referente a la hermana solterona del banquero; y, atropellando las palabras de gratitud, solicitó:

—No quisiera que mis hermanas se enterasen, sabe usted... Sufrirían, y... Además no le he dicho que solo puedo aceptar el favor si me concede llevarme trabajo a casa o venir a horas extraordinarias, como otros... Gracias, sí. Pero... Es condición precisa. Perdóneme.

Envió el dinero a Jaime y, durante unos días, la imagen de un reo quemado vivo por deudas de honor, alternaron en sus sueños con la figura de una mujer que, saliendo resplandeciente de un manto oscuro, se columpiaba entre las fieras transformándose poco a poco, al caer en brazos de un tigre, en hombre.

Era un sueño de prima noche, y lo esperaba casi al borde de la vigilia, cual si se limitara a revelar la imagen imborrable e invisiblemente impresa en la placa del pensamiento. Y en el sueño, al cambiar la estatua de sexo, la fiera, que tenía las facciones de Jaime, hacíase más débil, más blanca, bombeaba el pecho terso, y adquiría bajo el fulgor de las

pupilas de asustado verde, una belleza frágil, como ruboriza-
da y amenazada, de flor. Y entonces, José-María despertaba
sudoroso, con un sabor de vicio en el paladar y en el alma.

De noche, bajo la pantalla de luz suavísima, trabajaba hasta muy tarde. Su letra regular, sus cifras esbeltas, no descu-
brían que la mano se agarrotara algunas veces en la pluma.
Isabel-Luisa, en cuanto Amparo inclinaba la hermosa cabeza
sobre el respaldo de la butaca, dejaba exhalar entre los labios morenos un aliento que tenía algo de suspiro, de queja
voluptuosa, de esencia carnal y le llamaba la atención en voz
queda, apartándolo del trabajo:

—Psche... Ya está dormida... No he podido decírtelo aún:
Ahora coquetea con un forastero. ¡Qué lástima!, ¿verdad?
Tan buena, tan... ¡Ah, si yo me casara bien, si alguna vez
saliéramos de esta mediocridad, a sus años y todo la metía
en un colegio...!

José-María sentía un rubor de raza. Suponía ya a Isabel-
Luisa en brazos del sietemesino cubierto de oro, legalmente;
y luego, sin querer, simpatizaba con Amparo, a la que siempre había visto inclinada hacia los hombres de constitución
recia. Enseguida pensaba en Jaime, de quien no había vuelto
a tener carta hacía más de seis meses, y, al cabo, sus ideas —
piedras de honda—, volvían a recaer sobre sí mismo con una
piedad que, al reconocer su condición de virtud femenina,
cambiábase en ira. Ya entonces Isabel-Luisa había vuelto a
apretar la boca estrecha y a dar a las mallas del bordado toda
la atención de sus manos y de sus ojos. De no ser así, habría
visto más de una vez que José-María sacudía en enérgico movimiento de cabeza para lanzar fuera de sí los pensamientos
débiles, y curvaba el busto sobre el trabajo.

Durante tres o cuatro líneas la caligrafía perdía su equi-
librada regularidad, y algunos números, saliéndose o no

llegando al límite de las niveladas columnas de guarismos, parecían representar absurdamente, por su diferencia de tamaño, más o menos de lo que afirma la Aritmética.

Capítulo VII

Una noche, cuando acababa de limpiar las plumas y de guardar en la gaveta los papeles, un marinero de la Comandancia vino a darle la noticia de que Gil Bermúdez había muerto. Lo hallaron sin vida sobre un sillón, en su cuarto, al ir a ver por qué no bajaba a la hora de la cena. Debió de morir sin dolor, en uno de esos cortes radicales que gusta practicar la Muerte cuando se siente piadosa y emplea en afilar su segur el tiempo cruelmente gastado casi siempre en acabarnos, poco a poco, con ella mellada. El anciano, equivocándose de mueble, abatióse en la butaca propicia a las siestas, en vez de acostarse en el lecho propio para los sueños largos; y, acaso después de dar las dos o tres vueltas últimas entre sus dedos a la brujulita sintiendo no poder llevársela para orientarse en el incierto más allá, falleció sin molestar, vestido, cual correspondía al hombre sin familia, enemigo de proporcionar el mal espectáculo de una agonía y un amortajamiento a sus compañeros de hospedaje.

José-María, ante aquel cadáver, sintió, de súbito, la orfandad absoluta. Solo entonces las visitas del viejo, su discreción, su paternal sonreír, su manera áspera y tierna de hablar —dejando siempre un final de frase turbio, cual si una ráfaga o una ola imperceptibles lo borraran—, adquirieron el valor de apoyo que tenían. Y cuando, dos meses después, el Juez le entregó los papeles sellados y la cajita en donde el marino guardaba sus ahorros, se dio cuenta de cuánto hubiera querido ser para ellos y de la finura espiritual anidada en la corteza tallada por los huracanes y los años, que ya podriría bajo tierra.

Un diario de navegación de su primer viaje —repetición de la ruta de Magallanes—, y unas cuantas anotaciones íntimas, formaban, además del testamento ológrafo y el cofrecillo lleno de peluconas de oro, de hombre hecho por los hábitos de la navegación romántica a llevar todo consigo, el modesto lastre dejado para emprender el definitivo viaje.

En una de aquellas notas lamentaba la pérdida de su posible viudedad y se gozaba la idea de haberse casado con Isabel-Luisa o con Amparo «solo para eso, si el nombre de un viejo pontón no fuera hasta por mera fórmula tan incómodo de llevar». José-María quedó estupefacto ante aquel insospechado repliegue de un carácter que creía conocer tan a fondo. Hojeando los papeles y viendo las onzas, pensaba en cuál habría sido el día en que el pensamiento de favorecerlos con la protección póstuma pasó por la mente del muerto. Tal vez la idea nació en una de las veladas íntimas, a su lado, sin que él lo sospechara. ¡Ah, por lo visto no era tan difícil guardar un secreto! Pero el secreto de Bermúdez Gil, con abrir a la malicia una brecha grotesca, no tenía la fealdad infamante del suyo. Un viejo enamorado era ridículo; un hombre renegado de su sexo, vilipendiándolo con el anhelo de cada uno de sus poros, con la femenidad de sus entrañas, era odioso, repugnante.

Al principio pensó pagar con las cincuenta onzas la deuda contraída en la Banca a causa de Jaime; mas tanto por considerarlo injusto cuanto por no verse sin aquel trabajo que llenaba sus horas dándole una meta diaria, una fatiga diaria, prefirió reservarlas para los equipos de Isabel-Luisa y Amparo. Era más justo. Otro papel hallado también en la cajita del marino, abrióle perspectivas nuevas: constaba en él que, a la muerte del padre de José-María, Bermúdez Gil, tras reunir a los acreedores, llegó con ellos al acuerdo de pagarles una sexta parte de la deuda, con lo cual pudo preservar, para la cancelación de la hipoteca y el arreglo de la casa, la mayor parte de lo cobrado a la Compañía de Seguros.

José-María fue a visitar a esos antiguos acreedores y, azorado, cual si fuera a pedirles en vez de a ofrecerles, les dijo que él y sus hermanos no aceptaban, agradeciéndolo en el alma, el arreglo hecho por el tutor, y que, poco a poco, querían satisfacer la deuda completa. Todos menos dos aceptaron, y entonces abrióse para José-María una larga era de trabajo feliz. No contento con el de la Banca, obtuvo de un notario copias de escrituras y se puso a llevar los libros de contabilidad de una perfumería. Su fatiga era tanta, que casi no podía atender a sus hermanas, ni echar de menos, fuera de los días de Navidad y de Santiago, el silencio de Jaime.

En ese tiempo Amparo cambió tres veces de novio, e Isabel-Luisa anudó firmemente las relaciones con el hijo del banquero. José-María trabajaba, trabajaba. Si la gimnasia violenta, y el ajetreo y el Sol no lograban endurecer sus facciones ni sus músculos, tampoco la violación constante del tiempo ni el quebranto físico lo libertaban de la misteriosa parte de sí mismo, despertada por la presencia del acróbata. Era en la calle, sin motivo; era en la atmósfera densa de la perfumería o en la del cuarto que no se nombra: en un segundo, en la fisura mínima entre dos deberes, cuando no es el mundo sin dimensiones del sueño, su ser recóndito, más vivo en tanto más capaz de obligación y disimulo, sobreponiéndose, surgía procaz, cínico, con una audacia vergonzosa, humillante, maldita...

Y a ese soñado abrazo, a ese contacto furtivo que lo saturaba de voluptuosidades, a ese recuerdo de una escultura viril detallada con los ojos de la sensualidad al través de un traje color de fruta, solo más trabajos y más sacrificios podía oponerles. Ya su alcoba estaba ascética, sin un retrato, sin una flor, hasta sin el crucifijo de marfil —hombre desnudo al fin— heredado de sus abuelos. Amparo le decía:

—¡Hay que ver lo que tú has cambiado! ¡A ti que te gustaban tanto las esencias y la ropa fina!

—¡Calla!

Cada vez que había de comprarse ropa interior, su repugnancia a entrar en la tienda y su temor a que Isabel-Luisa o Amparo se la comprasen de tela suave, pugnaban muchos días. Recurriendo a aquella capacidad de ungimiento en la cual reconocía un nuevo estigma femenil, llevó, atribuyéndolas a un regalo, dos piezas de algodón burdo y unas camisetas de acordonada urdimbre. Pero estas precauciones, y el vigilar hasta sus menores ademanes para angulizarlos y extirpar cualquier blando amaneramiento, nada servían cuando la mágica primavera transformaba el plomo del mar en cobalto y se esponjaba germinativamente la tierra y se mezclaban a las brisas hálitos de invisibles jardines.

Entonces la misma ordinariez de la ropa le hacía sentir la carne, irritada en una presencia de protesta; y en medio de dos cálculos de interés o de le cláusulas de un Poder Especial, sorprendíase tratando de recoger en lo remoto del recuerdo los primeros rasgos de su desventura, o sobrecogido de terror por la proximidad, solo para él sensible, de unas manos enérgicas y de un tórax hercúleo que en vano pretendía desapasionar el ceñido traje de frescos colores vegetales... Y se levantaba a pasos desfallecientes, con agobio.

—¿Qué te pasa? —solía preguntarle Isabel-Luisa, sin apenas alzar del bordado los ojos.

—Nada... Nada... Ganas de estirar las piernas y de respirar.

—Es que en vez de estarnos aquí debíamos salir a dar un paseo. ¡Con el tiempo que hace...! Tanto trabajar hace antipática la vida —añadía Amparo.

Fue en una de esas crisis cuando tomó la resolución de intentar el remedio supremo. Isabel-Luisa se lo sugirió involuntariamente:

—La tía de Claudio te esperó el domingo a tomar té y no fuiste. Los pobres no debemos ser tan ariscos.

—No pude: tenía que trabajar... Será manía, pero quiero que cuando os caséis estén pagadas todas las deudas.

—Y además hace bien —terció la pulposa boca morena—. ¡No faltaba más que fuera a dejarse enamorar por esa carcamal! Basta con que tú nos dores los pergaminos casándote con Claudio. Mira, José-María, cómo está bordando el escudo, que ni siquiera papá llevaba ya en la ropa.

Sin inmutarse, con sarcasmo, la boca estrecha y rubia repuso:

—Los escudos, cuando no pueden honrarse bien, deben suprimirse; pero cuando van a poderse llevar como es debido...

José-María intervino:

—Haces perfectamente, hija. El escudo es nuestro y nadie, ¡nadie! ha echado una mancha sobre él. Si ellos van a darte riquezas, tú vas a darles un nombre ilustre, limpio, no lo olvides. ¡Ni la menor mancha! ¡Ni una sombra!

Habló con tal vehemencia, que las muchachas lo miraron. Y cuando se detuvo, ya la idea de salvación estaba incrustada en su cerebro, con detalles. «Sí, era menester, antes de desesperarse, correr la prueba última. Tal vez al contacto de la mujer la mala inclinación cediese, y triunfara para siempre en él el hombre.»

El primer propósito, dirigido solo contra la materia, se efectuó al día siguiente; y aun después de su fracaso sobre la decepción floreció una nueva esperanza espiritual que había de tardar un poco más en marchitarse. Él conocía de oídas las callejuelas del amor mercenario, las escalerillas angostas por donde una mujer apostada en la puerta, con los ojos pintados y los labios siseantes, remolcaba a un hombre hacia una alcoba. Y fue a una de esas callejuelas, y subió los peldaños, y estuvo en un comedor que olía a suciedad mal encubierta con perfumes baratos, donde se jugaba al tute y estallaban de vez en cuando palabrotas, y tuvo sobre sus rodillas a una mujer rubia, de carne blanda, que después de rogarle mucho se incomodó ante su resistencia y concluyó pidiendo que las convidase. Él pagó, prometió volver, y en la puerta, helado de repugnancia por el beso húmedo y penetrante con que la hembra quiso sellar petición y promesa, recibió el aire de la calle como una liberación... Después, curado por la derrota, se decía: «No volveré, y si volviera sería igual: imposible sentir otra impresión que ansias de huir y de limpiarme de todas sus caricias junto a esa mujer... ni junto a otra cualquiera de su clase.»

¿De otra clase? Aquí nació la florecilla verde de la esperanza. La mujer, para vencer su mala inclinación, había de entrarle por los caminos del espíritu: ser tierna, pura, bella, dulce... Y merced a una mujer digna de su nombre, José podría lograr contra María una victoria mayor que la de San Jorge sobre el Dragón.

Iba a buscar novia, una novia casta, joven, merecedora de ser querida por el espíritu y por la carne. La luz de la esperanza lo iluminó. Sin motivo dejó la pluma y fue a besar y abrazar a sus hermanas. La buscaría bien linda, y pobre. Que fuera lo más opuesta posible a la tía del novio de Isabel-

Luisa, la cual, acaso por su oro insolente y su virginidad fosilizada, habíale inspirado tan falsa antipatía de la mujer, como la rubia del lupanar.

A la tarde siguiente empezó a recorrer la ciudad. La empresa no era fácil, Además tenía, de tiempo en tiempo, malos encuentros: un hombre que le sostuvo la mirada obligándole a abatirla, una vieja horrenda que le escupió al oído oscuras proposiciones, y, en un barrio sórdido, un hallazgo terrible, repugnante, que le hizo vivir el mal milagro de hallarse ante un espejo cuya Luna, en lugar de devolverle su imagen real, le diera la del ser risible y vil en que podía llegar a trocarse si dejaba libres sus instintos: un afeminado cínico, pintarrajeado, jacarandoso y repugnante, quien, con una flor en la oreja, pasó de una puerta a otra, afrontando con cinismo jovial la rechifla de las mujerzuelas apostadas en los umbrales.

Pero, al fin, la encontró.

Ella bella, joven y púdica. Se llamaba Cecilia, y de su patrona tenía la voz melodiosa y un suave misterio, también musical, cuando callaba. No lo mortificó con coqueterías: Devolvióle la primer mirada francamente, y a los tres días de pasearle la calle él tuvo, a pesar de su timidez, la certeza de ser correspondido.

Pronto supo que era de familia de clase media venida a menos; que solo tenía madre y hermano. Le escribió y mientras aguardaba la respuesta se puso a hilar el ensueño de una nueva meta, más distante y más difícil que la de casar a sus dos hermanas y la de descubrir el paradero de Jaime para evitar que fuese a ensombrecer con un delito loco el escudo de los Vélez-Gomara. ¡En esa meta última estaba la salvación, para siempre!

La soledad, como la pereza, engendraba las tentaciones. Lucharía con el mismo tesón, con más aún por alcanzar esa meta viva; y, en premio, al dejar casadas a Isabel-Luisa y a Amparo, no quedaría solo, a merced del mal. Entonces, además de la memoria de su padre y de la responsabilidad de su apellido, la tendría «a ella»... Y habría de merecerla, de ganar mucho dinero para recibirla dignamente en su casa... ¡Tal vez tendrían un hijo!... ¡Un hijo que él no dejaría criar en las faldas de su madre, como lo criaron a él; un hijo que en vez de jugar a las muñecas y andar con niñas, estaría de continuo al Sol, entre los pilluelos, aun cuando regresase con chichones y escalabraduras!...

¡Eso era posible! El libro de ciencia que fue a leer una vez, con rubores y terrores, a la Biblioteca Municipal, lo aseguraba. Si otros que habían consentido plasmar en vicio el mal instinto habían logrado descendencia, él que extirpaba con el pie de la voluntad la flor pestífera, merecía más. Cecilia sería su novia, sería su esposa; sometería contra su seno al que, habiendo ya recibido de otro pecho el primer alimento, lo repudiaba con inversión maléfica, y lo reconciliaría en sus gracias de mujer elegida con la Mujer. Él era merecedor, por su resistencia, de ese premio, de ese milagro. ¿Verdad, Dios?

Pero nada respondía el Cielo a su acongojada pregunta. Las respuestas de Dios llegan tarde y dolorosamente.

Desde el rellano de la escalera, mientras él subía, Amparo le gritó:

—¡Carta de Jaime, José-Mari! Isabel-Luisa no me ha dejado abrirla.

Iba ya a decir que la boca cautelosa en donde se filtraban las palabras habían hecho bien en ordenar que le guardase el sobre intacto, pero se retuvo: La vehemencia de Amparo le era, a pesar de todo, preferible a la indiferencia mesurada y un poco egoísta de la otra.

Cuando tuvo el sobre en la mano, preguntó:

—¿Y cómo pensasteis que fuera de él? La dirección viene a máquina

—Sí, pero como es de sabe Día dónde...

—De Jamaica, de un corresponsal nuestro. Por desgracia no es de Jaime.

Y se la guardó con la certidumbre de que la perfección de su mentira —¡mentira femenina!— derrotaba presentimientos y desconfianzas.

Era de Jaime, sí: su corazón también se lo había dicho igual que a Amparo, y antes de leerla pensó en que desde seis meses atrás la esperaba todos los días. Dos meses antes, los periódicos publicaron la noticia de que en una ciudad de América, una noche de tempestad, durante la representación de un circo, las pobres fieras, no se sabe si aterrorizadas o cansadas de su servidumbre, habían devorado a la vista de la muchedumbre una ensalada de titiriteros, y el corazón de José-María tuvo un nuevo sobresalto y un nuevo secreto que guardar. Dos certidumbres lo poseyeron enseguida: que la mujer y el hombre designados por Satán para traer la desdicha a la casa de los Vélez-Gomara habían muerto, y que Jaime no estaba ya con ellos desde hacía mucho. No era posible que de haber perecido o sufrido daño su pecho no sintiera una palpitación luctuosa.

Sin embargo, el anhelo de comprobación cayó pronto sobre sus problemas, sobre sus fatigas, sobre la tortura de aquellas cotidianas visitas a la casa de Cecilia, ya novia suya, sobre los preparativos de la boda de Isabel-Luisa, y se puso a esperar la carta de Jaime con una confianza inmotivada que venía a justificar ahora el hecho de tenerla contra su corazón.

Mientras comía pensando en las horas amargas que venía de pasar en la casa que desde el primer momento le abriera sus puertas, junto a la muchacha apasionada cuyo amor galvanizaba en él todas las frialdades, se interrogaba sin hablar: «¿Querrá responderme Dios así, con este premio a la fe, en su misericordia, a mis preguntas de aquel día?». Y antes de abandonarse al optimismo, volvía a demandarse: «Hay que esperar aún... ¿Qué me traerá este sobre voluminoso, después de tres años de silencio?».

Le traía dinero. Dinero y noticias, una de las cuales grávida de sentido. Jaime, tras rodar por cien peripecias de escasez y holgura, por oficios inverosímiles, había hallado uno sin nombre, capaz de enriquecerlo en pocos años. Arduo y oblicuo debía de ser cuando, para ejercerlo, juzgó útil cambiar de nombre.

Cambiar de nombre: ¡qué cosa tan turbadora y, por lo visto, tan fácil!... Cambiar de nombre, bautizarse a sí mismo, cortar el cordón umbilical del alma y reconocerse solo, único, eslabón irresponsable desligado de toda cadena... Dejar a un lado la funda estrecha de los apellidos, y ser otro, más verdadero tal vez, sin pasado, sin cargas... ¡Qué maravilla!

Jaime se llamaba ahora Nicolás Smith y viajaba a bordo de una goleta entre las Antillas y las costas americanas, llevando una mercancía preciadísima y peligrosa. «Seis o siete viajes como el último; que no tropezara con un ciclón o, lo que era peor y más probable, con un cañonero yanqui, y volvería a la ciudad natal para tener el derecho a ser noble y hacerlos felices a todos. Antes que no volver así, prefería no regresar... Moriría de un tiro o de un trago de agua salada Nicolás Smith, y nadie sabría nada del Jaime Vélez-Gomara que dejó un día detrás su casa con blasones y su pueblo mezquino, para ir mar adelante hacia el ancho mundo donde el nombre de mayor alcurnia es brizna en el viento...» Después, con curiosidad tierna, preguntaba si las muchachas se habían casado, si lo recordaban con cariño, y enviaba, por si llegaba a tiempo, unas cuantas libras esterlinas para los regalos de boda.

La idea, para José-María nueva, de que se pudiera cambiar de nombre, le produjo primero estupor y luego una perspectiva lejana y confusa, de esperanza. El nombre aquel por el que llevaba tantos años sacrificándose; el nombre que era orgullo de la ciudad, apenas salvadas unas leguas, «por el ancho mundo», no era nada, nada, y podía trocarse por otro cualquiera...

Viniese o no Jaime, cuando los apellidos de sus hermanas se hubiesen borrado al fundirse en el caudal viril de otras estirpes, él podría huir, quitarse el escudo, la responsabilidad de ser hijo del padre suicidado heroicamente y un día, siquiera un día, lejos, libertar el alma y el gusto equivocados de cuerpo, y vivir una hora de cieno feliz no importa si conocida o no cuantos le conocían, o si solo vista por los dioses que lo hicieron ambiguo y pusieron en sus ojos verdes, en su boca hermana de la de Amparo, en sus nervios y en su tacto, a un tiempo mismo la repugnancia y la envidia de la mujer.

Aun cuando no se lo confesase, todas sus horas penosas dábalas ya como pago de la que un día, lejos, habría de permitirle encararse con la vida y decirle: «¡Así soy! ¡Fuera falsa virtud, fuera vergüenza de mostrarme según me hicieron!». Una frase oída a no sabía quién, en la perfumería, cobraba sentido de norma. «Si se nos dieran dos vidas, una para nosotros y otra para los demás, cabría elegir; pero no es así, y lo que dejamos de hacer por miedo a los otros ya no lo podremos hacer nunca.» Y se engallaba en la soledad, cual si un juez estuviera pidiéndole cuentas del pecado no cometido aún.

Ya la boda de Isabel-Luisa estaba muy próxima, ya había sufrido la humillación de verse ascender no por sus méritos, sino por su venidero parentesco con Claudio, a la categoría de jefe. Una idea única, honrada, exigida por cuanto había de probo en su espíritu, lo venía torturando desde hacía varios meses: «Era preciso romper cuanto antes con Cecilia». Aquel empeño sin resultado posible, constituía una vileza.

Quizás por un fluido malsano, gemelo del suyo, o por la misteriosa capacidad que tienen las mujeres de admirarse a sí mismas cuando ven transfundidas vagamente a otro sexo las femeniles gracias, Cecilia lo adoraba. Lo adoraron ella y su madre desde el primer momento, a pesar de la casi esquiva cortesía con que lo trataba el hermano.

Eran, cada tarde, cerca de tres horas de tortura. Cuando una conversación ajena a ellos no los salvaba, el tiempo goteaba lento y cargado de peligros, del reloj de pared. Y en vano pretendía dominarse. Vecindad de dos climas sin compenetración posible; de una carne que sin las trabas del recato habría envuelto ardorosa y florecida en espasmos a su elegido, y de otra frígida, serpeada solo por relámpagos de conciencia, que sin los grillos del pundonor habría huido de aquella juventud fragante como de la más horrenda vejez

Si se cargaba demasiado el silencio, ella solía decir:

—¿Has tenido algún disgusto en la oficina? No me lo niegues. Acércate más.

—¡No, no!... Estoy así bien.

—¡Si vieras qué envidia me dieron Isabel-Luisa y Claudio la otra tarde!... Esos sí que se quieren. Él no está nunca tan indiferente como tú.

—¡No me digas eso!

Hubo algo tan doloroso en su demanda, que ella retuvo los reproches.

Para compensarlos, susurró.

—¿Quieres que te cuente una cosa? Hace días que quiero contártela y no me atrevo. ¡Como no acabo de comprenderte!... Temo ser indiscreta o no haberme fijado bien. Y eso que...

—Dímelo pronto. ¿No sabes lo curioso y lo impaciente que soy?

—Igual que una mujer, sí.

Una nueva sombra encapotó la frente de José-María, y su boca tuvo palabras bruscas.

—¡Pues cállatelo! Me es igual... ¡No, no quiero saber!

Pero ella, mimosa, contrita ya de la falta que ignoraba haber cometido, se lo dijo, muy bajo, suavemente:

—Que creo que mi hermano y Amparo se gustan, ¡bobo!... Lo he observado. ¡Si vieras lo bueno que es Marco! Mucho mejor que yo, solo que no ha tenido suerte en la vida. ¿Te opondrías tú?

No pudo responder al pronto. La idea de resarcir a aquella familia de su inevitable abandono y de dar a Amparo un hombre humilde y enérgico, un verdadero hombre capaz de compensar la boda ignominiosa de Isabel-Luisa, habíale frisado el anhelo muchas veces. Y ahora presentábasele clara y fácil, propuesta por aquella de quien se tendría que separar para no castigar su confianza con un engaño y una ignominia.

De vuelta a su casa habló con Amparo y ella se esponjó de placer al ver que, por vez primera, quien hasta entonces volviera el rostro con disgusto al verla hablar con hombres, le hiciera una proposición casi.

—El hermano de Cecilia te quiere. Yo nada te aconsejo. Me gustaría, solo, que tú te fijaras en él.

—Es muy guapo, sí; lo tengo bien visto.

—Y muy bueno, muy hombre... He pensado, antes de que te diga nada y tú le contestes, para que no medie interés, colocarlo en el Banco... Pedirlo de ayudante mío, por si yo llegara a faltar. Además de bueno, sé que es inteligente, honrado... Tiene todo.

Tenía todo, hasta una instintiva perspicacia que le hacía rehuir, sin caer en incorrección, el trato con José-María. Muchas veces se había preguntado éste si aquel malestar existente entre ellos provenía de alguna causa expresa. Se hablaban poco. Solo se dieron la mano los primeros días. Y en la calle, únicamente cuando el encuentro era harto frontal, se saludaban. Era por parte de José-María temor de sentirse adivinado, descubierto. Y por parte del otro nada fijo: la voz previsora de la intuición tal vez.

Al otro día, con la voluntad presurosa que suelen poner las almas femeninas cuando se templan en un anhelo entrañable, habló con el novio de Isabel-Luisa.

—Claudio, tengo que pedirle, bueno, que pedirte un favor: un puesto aquí... Yo solo no voy a organizar el departamento... Garantizo a la persona que recomiendo, claro: honrado, inteligente... Hay que darle, por lo tanto, un sueldo decoroso.

—Hombre, el caso es...

—No me importaría que rebajarais algo del mío. Me habéis puesto demasiado, y desde hace tres meses no sé qué hacer con el dinero. Confidencialmente te diré que es muy posible que entre también en nuestra familia, por Amparo... Muy confidencialmente, ¿eh?

A él mismo, le pasmaba su tono seguro y ligero. Y le hizo sonreír la respuesta del sietemesino cargado de oro, ya ganoso de no dar espurios entronques a los cuarteles del escudo que iba sacramentalmente a comprar.

—Te habrás enterado de la familia que es, por supuesto.

—Una investigación completa. Figúrate.

En ese caso, puedes fijarle el sueldo tú; sí, hombre... Has de acostumbrarte a ser jefe de veras.

Su entrevista con Marco fue más corta, y procuró entablarla delante de Cecilia y de su madre, para prevenir una negativa absurda hija de aquella antipatía o sospecha de que, por parte de Marco, sentíase objeto.

—Oiga, Marco, ¿cuánto gana usted en donde está?

—Poco... Algo menos de lo suficiente.

—Y sin porvenir, lo sé. Psché...

—Es que tengo para usted una colocación mucho mejor, en el Banco, desde el día primero si quiere. Ya está hablado allá.

Al saber la cuantía del sueldo y las posibilidades de progreso, las mujeres palmotearon, y la anciana, atrayendo a José-María hacia su regazo, le dio un beso húmedo de felices lágrimas, que lo removió todo. El leyó la promesa de otro beso en la boca de Cecilia y tuvo miedo. Marco le dio la mano, y la suya se sintió desfallecida en aquel apretón de gratitud que había de empañarse bien pronto por su necesario rompimiento con Cecilia.

Aquella tarde, cuando iba de vuelta a su casa, le ocurrió una aventura cuya estela de pensamientos le hizo comprender la imposibilidad de prolongar más la prisión del medio ser nacido en el circo, cada día más fuerte, más deseoso «de vivir su vida». Era verano —la época peor, sobre todo en el sopor de las siestas— y la ciudad estaba llena de forasteros. Como él iba ensimismado, alegre de que Marco no hubiese su rechazado su oferta, tropezó con un transeúnte y se volvió a pedirle excusas. Fue un momento, un instante, un cruce de miradas solo, y José-María se dio cuenta de que acababa de ser descubierto, desnudado hasta lo más recóndito.

Tenía el hombre, muy fornido y vestido con afectación, algo violador en la vista. José-María casi echó a correr, pensando: «Acaso no sea culpa de él solo, sino de mi secreto que madura, que se desborda, que, tal vez, ha dictado ya sospechas a Marco como se las dictó, antes de revelárseme a mí mismo, al albino de la oficina, quien en cinco años de convivencia jamás me habló sin una sonrisa punzante... Urge huir: dentro de poco me lo conocerán todos y seré lo mismo que aquel guiñapo abrasado de vicio que pasó de una puerta a otra, entre risas, con una flor avergonzada en la oreja».

De pronto, se detuvo: Detrás de los suyos sonaban otros pasos, fuertes. Miró de soslayo, con una mirada hasta entonces ajena a su carácter —mirada de ser débil— que le produjo ira, y apresuró el andar. Entonces los otros pasos aceleraron también el ritmo. Y José-María tuvo miedo.

Su primer impulso fue correr, entrar no importa dónde, pedir socorro. Pero reaccionó. Un valor súbito, de los nervios, impelióle a enfrentarse con quien así se le entraba por los ojos a lo más íntimo de su vida. En el recodo de una esquina se detuvo. Los pasos se acercaban, se acercaban... Y hubo otro encuentro.

—¿Qué me quiere usted? ¿Por qué me sigue?

Sus manos menudas, de orden, se crisparon; y otras más fuertes, cargadas de anillos, cual si estuviesen habituadas a jugar con muñecas, torsionáronle las suyas.

—¡Ay! —gimió.

—¡Bobo... bobo! —balbució, babosamente, una voz fina, inesperada en el rostro de cíclope.

Sonaron pasos al extremo de la calle y José-María, desasiéndose, volvió a emprender la fuga. Una lucidez gélida había sucedido a su arrebato. Todavía sentía el valor preciso para volverse asesinar al monstruo; pero las consecuencias del escándalo, la certeza de malbaratar en un solo minuto las precauciones de tantos años de disimulo, aconsejaron huir. En el choque había vuelto espaldas a su casa, y, al sentir de nuevo los pasos persiguiéndole, se encaminó a la de Cecilia.

La encontró sola en el comedor. Marco debía de haber salido, y su madre estaba en las habitaciones interiores. Él fingió haber olvidado unos papeles. La voz musical, en la penumbra olorosa a geranios, dijo:

—José-Mari, ¡si vieras cuánto me alegro de que hayas venido!... ¡Eres tan bueno! ¡Y antes no supe darte las gracias, delante de todos!... ¡José-Mari, puedes pedirme lo que quieras!

Había un temblor delicioso, de feliz sacrificio en su rubor y en el ademán de sus dos manitas tendidas. ¡Nunca habían estado tan juntos! Sin querer, ella gravitaba hacia él, y él, rígido, frío, sentía acercarse su atmósfera de llama suave. Un punto más y la boca de Cecilia se hubiera abierto sobre la suya. Un momento más y el doble temblor apasionado del pecho se habría apretado contra su corazón... José-María la repelió con violencia, perdió ante el inesperado peligro el miedo al otro riesgo que lo acechaba en la calle, y salió huyendo. Sin saber si el desconocido perseguidor estaba o no, cegado por internas tinieblas, incapaz de oír más que el bordoneo de sus oídos, anduvo largo rato.

Cuando las fuerzas lo abandonaron de improviso, estaba al pie de una iglesia. Apoyándose a las paredes para no caer, entró. Y en la húmeda penumbra del templo maldijo cien veces su nombre, la hora en que su padre lo engendrara y las entrañas donde se había cuajado su mísera vida, sin que las imágenes rodeadas de gotitas de Sol, salieran de su indiferencia.

Capítulo IX

Tiempo, te pintan viejo y ¡qué vista tienes para desenredar las madejas difíciles! Allí donde la imaginación se exaspera y hace dramáticos nudos y siente ganas brutales de romper, tú, hora a hora, sin apenas mover los dedos, vas devanando, devanando...

De este modo, ocho meses más tarde, bajo el ámbito secular de otra iglesia, resonaba el trueno religioso del órgano en canto nupcial, para celebrar la unión de dos parejas: Isabel-Luisa y Claudio, Amparo y Marco. Y la tercera pareja, la que debía haber completado el día feliz, la que en noches interminables de insomnio él no lograra prever el modo de romperla, habíase desunido sin saber cómo, en una melancolía hasta exenta de lágrimas, fatal y suavemente.

Quién sabe si los pensamientos a que se podían comparar las ojeras de Cecilia, estuvieran injertados con amargos citisos; mas su voz seguía siendo melódica, y nadie, al verla inclinarse sobre los azahares de las dos hermanas, hubiera descubierto en su sonrisa verde raíz de envidia.

Música, incienso, tintineantes arras, blancos velos, rumor de muchedumbre, palabras rituales del sacerdote, campanas que ensanchaban el cielo con sus sones, una bendición, unas firmas... y he aquí la madeja convertida en tres hilos nada más: uno de oro —el de Isabel-Luisa y Claudio—, otro de plata feliz —el de Marco y Amparo— y otro negro, negro de noche, negro de ir oculto entre culpables sombras: el de José-María.

Ya solo quedaba una meta, muy próxima. Se irían los novios a viajar y regresarían a los dos meses para quitarle de los hombros la carga última: la del despacho de la casa de banca. En ese intervalo José-María gozó de una especie de ansiedad satánica.

Ni siquiera las visitas a casa de Cecilia le eran ya difíciles, pues habíase tendido entre ellos, para dulcificar la ruptura, una generosa y subconsciente comprensión, disfrazada de gratitud. AI irse a su casa, libre del remordimiento de antes, él pensaba: «Me guardará un poquito de luto, y, luego, cuando menos lo espere, encontrará, lo mismo que Amparo halló a Marco, un hombre de veras, capaz de merecerla y de transformar en viva miel sus panales».

Ahora José-María marchaba a pasos seguros e ingrávidos a un tiempo. Sentíase ya un poco ausente de su ciudad, tan tirana, tan rica en resonancias familiares; y hasta la incógnita del destino de Jaime pesaba menos sobre su corazón.

¿Qué importaba si su hermano había muerto o no, si, en realidad, era ya, desde hacía tiempo, otro? Un mes más, medio, diez días, y él partiría por primera vez en la vida, por vez primera él mismo, y apenas saltase de un tren a otro y traspusiese una frontera, nadie podría decirle: «Tú eres el primogénito de los Vélez-Gomara. Hombres de tu linaje fundaron nuestra ciudad, y en tu escudo, ahondado en el medio punto de piedra bajo el cual muchas generaciones pasaron, los ocho cuarteles ostentan blasones cada uno de los cuales te obliga a ser superior a nosotros...»

Nadie lo podría ni recordar ni exigir. Se iría, se iría apenas regresaran los novios. No estaba seguro de haberles insinuado aún su deseo, mas sí de que no le pondrían impedimento alguno. En su certeza, empezaba a despedirse ya de ciertos sitios queridos de la ciudad. Aquella esquina, aquella cuestecita de piedras agudas que casi todos evitaban dando un rodeo y que él subió tantas veces para mortificarse...

Creía detestar a la ciudad donde toda su vida pasara en doloroso rosario de días desde su adolescencia, y ahora comprobaba que algo melancólico enturbiaba la alegría de dejarla. ¿Ocurriría también así con los sacrificios?...

Un domingo fue de campo, solo, al repecho desde donde se veía la enorme roca en el instante de suicidarse y en donde el globo cautivo de un pino esperaba para ganar el cielo que cortasen las amarras de sus raíces. En el agreste escenario de su infancia el tiempo subvertíase, y durante largo rato, echado de espaldas, mirando el alto azul al través del verde de las ramas, sintióse niño, en espera de toda la vida. Y poco a poco, como si el pasado tuviera algo de futuro, recordaba con esfuerzo, lo mismo que si adivinase...

Pasaban en las remembranzas su orfandad, los años felices antes de acabar la carrera Jaime, la enfermedad de Isabel-Luisa, la primera costura derecha que hizo él a máquina, su júbilo ignorante la tarde en que se oyó llamar «madrecita», y, luego, cosas, cosas, ¡cosas!... algunas de las cuales le aborrascaban el ceño, mientras otras le hacían pestañear estrangulando lágrimas o lo estremecían todo contra la muelle hierba...

Su despedida última debía de ser para aquel nudo de la carretera, lazo con que el destino gustaba detener la impaciencia y la vida de los hombres que se desbocaban.

Todas las tardes subía a ver al padre de Claudio. Cinco años antes, cuando él entró en la casa, el viejo era un patriarca de judaico perfil, rápido todavía de movimientos cuando estaba sentado; pero en poco tiempo decayó, se le endurecieron las arterias, tuvo un ataque hemipléjico y quedó medio afásico, aprendiz de muerto, solemne y macabro, en un sillón de ruedas. José-María teníale afecto por la bondad con que, desde el principio, lo acogió, y por el respeto con que hablaba siempre de su padre. Pero al verlo ahora babeante, apagadas las pupilas sin cuya luz la proa de la nariz era como vestigio de naufragio, la idea de llegar a ese estado sin haber sido siquiera una vez «él mismo», robustecíale su decisión de irse.

Para disuadir a un fantasma que insistía en clamar los lugares comunes del deber, explanaba la perspectiva de una existencia solo ya, sin causas a que sacrificarse, ya sin responsabilidad, sin posibilidades de gastar la superenergía en trabajos útiles a los otros, apoltronado por el dinero y espoleado por las comodidades que la vida le iba obligando a aceptar, hacia el declive por donde ruedan los sentidos. Sentíase en capilla, condenado, no a muerte, sino a vida, y se tenía una especie de lástima y de admiración que lo hacía dulce, frágil...

Todos cuantos lo frisaban advertían el influjo de aquella bondad anhelosa de emplear el fin de su tesoro. Los mendigos ciegos le conocían los pasos y lo bendecían al acercarse. En todas partes se celebraba su llegada. Hasta Cecilia, en lugar de guardarle animadversión, lo recibía con armoniosa sonrisa de bienvenida.

—¡Ayer no viniste y te echamos de menos!

—No pude, mujer... Ahora lo tengo que hacer todo, y...

Le dio sonrojo mentirle también en las cosas menudas, y a favor de un momento en que se quedaron solos, y sin miedo, le cogió las manos. Ella se quedó helada, sin perder la sonrisa, sin atreverse a dejar chispear el rescoldo de su corazón.

—No me quisiera ir sin que me perdonaras, Cecilia.

—¿Yo? ¿Yo a ti? Pues ni que te fueras al fin del mundo. Y, además, ¿perdonar yo? ¿Yo, al que ha sido el ángel bueno de esta casa?

Había en la ligereza segura de su tono el dolor de la mariposa en torno a la luz. Él sentía las manitas húmedas entre las suyas. Y susurró muy bajo:

—Con todos he sido bueno menos contigo, y ¡te quiero, Cecilia!... Pero ¡no puede ser!... Supón que tuviera una enfermedad terrible... ¡No digas que no Importa! Tú que eres creyente, supón que Dios hubiera puesto su espada de fuego entre nosotros... Eres buena, lo mereces todo... Y lo tendrás... ¿Crees que no me costó renunciar a ti? ¡Fue perder la última esperanza!... Yo quise, Cecilia, y Él no quiso... Él, ¡Dios!... Y como la vida es larga y hasta las peores cicatrices casi se borran. Me da pena entristecerte más, Cecilia... Pero era necesario... Y ahora, aunque no me lo digas, sé que me vas a perdonar.

Salió con el alma apretada, rezumando una emoción con fermentos malignos, y quiso sufrir ya todo el día para que nada pudiera entorpecer luego sus últimos preparativos de marcha. Tomó un coche en la plaza y ordenó al cochero:

—Echa por la carretera del Oeste, hasta después de las tres vueltas.

—Sí, señorito José-María.

Ignoraba que lo conociera, y se sorprendió. Se sorprendió más cuando, aquí y allá, muchas personas se volvían para saludarle y por doquier elevaba su paso un murmullo de simpatía: «Es el señor de la casa del escudo». «Es el mayorazgo de los Vélez-Gomara, ¡bueno si los hay!» Y él, ante aquella despedida de la ciudad que desde niño habíale exigido fidelidad a su rango, sentía impulsos de erguirse y gritar: «¡No soy bueno, soy un monstruo! Un sepulcro mal blanqueado nada más!».

El coche avanzaba envuelto en polvareda tenue, entre álamos. Desde lo alto de un collado la ciudad veíase recostada contra las montañas, azules de crepúsculo. Al llegar al sitio de la catástrofe, José-María descendió, fue hasta un árbol de añoso tronco y pasó la mano por la áspera corteza hasta hacerse daño.

Contra aquel árbol había roto el centauro suicida que lo engendró cuanto tenía de hombre, y ahora, en su fronda, cantaban pájaros. ¿Sería eso un símbolo? ¿Querrían decirle aquellas gotas violentas de música que un día, después de haber muerto el José-María de las abnegaciones y las resistencias, anidarían alegrías en su existencia? ¡No, no! ¿Cómo se había atrevido a pensar eso allí, donde la sangre paterna corriera?

Dos días más tarde llegaron Isabel-Luisa y Claudio. Al siguiente la otra pareja. Y entonces la existencia de José-María empezó a correr bajo un signo de sorpresas ordenadas. Se vio agasajado por todos, empujado por todos, cual si hadas benignas o malvadas allanaran cada obstáculo de su nuevo camino. Había pedido un mes y se le dijo: «No uno, sino dos o tres. ¡A descansar y volver con fuerzas para darle un verdadero impulso a la casa!...»

A su regreso —aseguraba Claudio— habría cambios sensacionales... «¡Era preciso hacer de las dos una familia sola, fuerte!...» Amparo le sonreía feliz con una dicha de la carne visible en la jugosa sonrisa; e Isabel-Luisa manejaba en el naciente otoño su abrigo de costosas pieles y los relámpagos domesticados de sus joyas con un aplomo fino, de raza. Y ya, despectiva, para dar el último puntapié al último crepúsculo, la voz que había ido derrotando todas las razones de la moral y del espíritu de la familia le dijo con chocarrero acento: «Tanto sacrificio por un nombre, ¿a qué conduce? Todo tiene su punto de vista... Para la Compañía de Seguros tu padre no fue un noble, sino un villano listo, ya ves».

En la estación, adonde fueron a despedirle todos los empleados de la Banca además de la familia, entre las maletas regaladas por sus hermanas, tocándose de vez en cuando, por costumbre, la cartera repleta de billetes y de cartas de crédito, José-María tuvo un instante miedo a que alguien viniera a arrebatarle aquel viaje. Al primer grito de prevención subió al coche. Iba solo. Sonó un silbido estrídulo, traqueteó el tren con movimiento brusco, y los rostros empezaron a quedarse detrás. Todavía oyó la voz chillona de Claudio gritarle:

—Déjate de tontunas y ve a ver a nuestros corresponsales enseguida. Yo les escribo.

Se derrumbó en el muelle sillón, emocionado; y largo rato estuvo sin coordinar ideas. La luz menguaba en los cristales trémulos, y en la vasta soledad, únicamente el asmático chispear de la máquina y, de tarde en tarde, rojizas lucecitas —chispas embalsamadas— interrumpían la sombra. En el comedor no vio ningún rostro conocido; y él, que apenas comía, repitió de dos platos y al final tomó café, licor, y se echó en la silla hacia atrás, con la copita de oro denso entre los dedos, ensayando un gesto de impertinencia.

Tocóle de compañero de cama un inglés enjuto, y apenas durmió. Muy temprano vistióse y, en el pasillo, se puso a ver pasar paisajes, pueblos, gentes. Al llegar a la frontera hubo trasbordo. Un poco mareado, cayó en el otro tren. ¡Qué grande era el mundo! ¡Qué lejos estaba la ciudad, el escudo de piedra, las menudas preocupaciones! ¿Quién se volvería, aquí, a escuchar su nombre si lo dijera en alta voz? Nadie. El concepto de las magnitudes y la diversidad de la vida, adquiría de estación en estación, realidad sensible en su conciencia.

¡Bien había hecho Jaime en seguir el imán de la distancia! El mundo era para cada hombre igual que el tiempo para todos: borraba, aislaba, nivelaba... Cien leguas, cien años y el magnate era polvo y el reverenciado desconocido... Luego de almorzar durmióse. Despertó al caer la tarde, cuando pueblos risueños se asomaban a un río. Luego fueron más kilómetros, más trepidar, noche otra vez.

Y, de súbito, se recobró en todos sus nervios, porque un señor de barbilla hirsuta dijo señalando a una constelación caída allá lejos, sobre el valle:

—París.

Capítulo X

París, nombre-promesa para cualquier buscador de cualquier alcaloide de vida, lo acogió con esa sonrisa de fin de otoño hecha de grises y de cielos bajos. De la estación al hotel reflejáronse en sus ojos las imágenes desconocidas y empero familiares del Sena, de la Catedral de las dos torres truncas, de la Torre Eiffel y del jardín ilustre de las Tullerías. Una cándida sorpresa de que su Vélez-Gomara no significase en el hotel sino por la calidad de la habitación elegida, complacíale. Su proyecto era cambiar de hotel apenas se orientase, e ir a otro más apartado, con falso nombre. La indiferencia con que era escuchado el verdadero lo disuadió de esta precaución. Al abrir las maletas regaladas por Amparo e Isabel-Luisa, emergió de ellas un hálito embalsamado. José-María comprendió que su ropa deshonraba aquellas maletas que acababan de hacer un viaje nupcial, y salió dispuesto a comprar prendas que terminaran de una vez su ascetismo estúpido.

En la tienda su diestra palpaba con delectación los hilos frescos, las sedas tibias y crujientes, las batistas traslúcidas, los crespones de lujosa granulación. Fuerte de su dinero y poseído por esa incontinencia adquisitiva que sienten las mujeres en las tiendas, separó calcetines, tirantes, camisas, pijamas, mudas interiores, corbatas... Todo era leve, de calidad extrema. Le ofrecieron marcárselo en poco tiempo y se negó. Como el comerciante interpretase que no era el precio sino el plazo de ejecución lo que retraía al cliente, disminuyó éste y subió aquel con tanta obsequiosidad que José-María estuvo a punto de gritarle: «¡Pero si lo que yo quiero es no llevar ninguna marca! ¡Si he venido a suprimirme los apellidos, idiota!» Camino del hotel compró jabones, agua de lavanda y una locción.

Sus trajes le parecieron indignos de lo adquirido y, seguro de hallar buena ropa hecha para su cuerpo, entró en una sastrería y compró de todo, sin que apenas hubieran de reformar las prendas.

Luego volvió al hotel y abrió la mampara que separaba su alcoba del baño. El agua tibia, borboteante, subía en la bañadera de porcelana, y un rayo de Sol se refrescaba en ella abriéndose de placer en luces de colores magníficos. José-María se bañó como jamás en su vida se había bañado: en una inmersión larguísima, llena de ensueños sin forma. No era aquel el baño de la mañana, de aseo: era un goce de sentirse liviano en la olorosa transparencia y de descubrir, además, que el agua no merece siempre su fama de casta.

Bajó a comer y, antojándosele angosto el comedor del hotel, echóse a la calle. El vaivén de la muchedumbre, las terrazas, los guiños luminosos de los anuncios, multiplicaban la sensación concreta que desde la subida al tren experimentase: ¡El mundo era grande, grande! Cada uno de aquellos seres quizás, muchos de seguro, tendrían sobre su conciencia no solo pasiones inevitables, sino crímenes, ¡y vivían! Comió con apetito, bebió, y a los postres sintió la impaciencia de ir a ver si sus compras habían ya llegado. La ropa interior, sí; pero hubo de telefonear al sastre y, no obstante los apremios, tardaron cerca de dos horas. Cuando los sastres llegaron subió a su cuarto y se transformó, maravillándose de la propia magia. ¡Era otro! Pero no solo por las obras: era otro ya cuando, al despojarse de la bata de felpa, sin atreverse a mirar cara a cara la inmensa Luna del armario, se vio íntegro, terso y túrgido el cuerpo de que tantas veces se había avergonzado, la cara iluminada por la sonrisa...

Salió de nuevo, de continuo alegre y atónito de que nadie le preguntase nada, de que nadie se fijase en él; y fue a un teatro frívolo. Ya tarde se acostó aturdido y feliz.

Casi lo mismo hizo al otro día y al siguiente. No tenía impaciencia. Estaba seguro de que su ocasión, su aventura, había de llegar. Y mientras tanto bastábale la dicha de no sentir pesar sobre su alma el pétreo escudo de su casa, de contemplarse ya sin rebozo en el espejo, y de sentir, a modo de anticipo de todas las caricias, las de la ropa fina. Gustaba de situarse en las terrazas de los cafés a ver el río humano. Por la tarde iba a los salones de té y, rechazando con denegaciones desdeñosas e inapelables las invitaciones a bailar de las muchachas, pasaba horas y horas sintiendo en la carne el ritmo desmoralizador de la música e interesándose por los jóvenes de belleza profesional que bailaban con viejas restauradas y sin miedo al ridículo. Cada día comía en un sitio, visitaba un barrio, cambiaba de universo, y esperaba seguro, sin premuras.

Tenía la certeza de que le habría abastado un gesto en cualquier espectáculo, en cualquier bulevar, para acelerar su destino. Pero no quería. Sin duda muchos de aquellos hombres solos y bien vestidos pertenecían a la funesta secta de las víctimas del error de Dios, y un solo ademán, un solo relumbre de ojos hubiera bastado. Si en su ciudad —de la que pasaba días enteros sin acordarse— lo identificó uno, allí, en el inmenso París, ¡cuán fácil hallar cien! No quiso. Estaba seguro de que al aproximarse el instante decisivo sentiría la emoción de las anunciaciones. Y ésta hízole palpitar las sienes una tarde, de vuelta del Bosque de Bolonia, en donde él creía hallar siempre un poco de primavera rezagada.

Iba en automóvil, echado con indolencia en el respaldo, y de pronto una figura destacóse en la muchedumbre de la acera. Al pronto José-María no advirtió que no iba sola porque primero sus ojos y enseguida todos sus sentidos se sumaron a la vista para contemplarla. Y hubo un choque de miradas instantáneo y especioso como un largo convenio.

José-María despidió el automóvil y siguió a pie. El mozo era alto, hercúleo, con una extraña fatiga en el rostro —que a él le recordaba otro rostro visto solo dos veces en la existencia—. Un anciano iba a su lado. De soslayo, cada vez que el oleaje de gente amenazaba separarlos, el joven se cercioraba de que José-María le iba a la zaga. Tras lenta caminata se detuvieron ante el escaparate de una librería y entraron. José-María penetró también, impelido por extraña audacia. Mientras el anciano —«Su padre», pensó José-María al comparar las facciones— husmeaba en la mesa de los libros recién publicados, el hijo sacó una hoja de papel y escribió con lápiz en ella. Cual si tuviera larga práctica, José-María comprendió la maniobra y, en el apelotonamiento de la salida, el billetito estuvo en su mano.

Los desconocidos tomaron un coche y él se quedó en la acera, con el papel quemante. Lo puso en el bolsillo del chaleco, y tomó otro auto, hacia el hotel. Un rubor tardío subióle de todo el ser, sofocándolo, y desabrochóse la chaqueta que, a pesar del bolsillo interior hinchado de billetes y documentos, expandióse hacia atrás sin que él se ocupase de repetir el gesto desconfiado de rústico en viaje hecho tantas veces en los días últimos. Su diestra, en cambio, oprimía trémula el bolsillo del chaleco donde estaba el billetito con estas palabras: «Mañana cinco tarde salida metro Javel».

Al subir al hotel el portero le dijo que habían venido a procurarlo y tuvo la idea disparatada de que el mancebo hubiera podido adelantársele. Imposible —se dijo enseguida—: No sabe quién soy. Y sin curiosidad, atribuyéndolo a un error, para darse enseguida por entero a sus emociones, se acostó y estuvo hasta muy tarde insomne, con una impresión de miedo dulcísimo en toda la carne y en toda el alma.

En vez de pensar en «aquello», cien ideas fútiles salpicaban su inquietud. Se durmió, y despertó cuando mediaba el día. Su baño fue lento, con minuciosidades de rito. No quería pensar en nada. Cuantas ideas intermediarias entre el presente y las cinco de la tarde acudían a su mente, eran rechazadas por una euforia azorada, vagamente temerosa de quedarse quieta. Iba y venía, tarareaba canciones, cosa rara en él. En el fondo tenía miedo, y cantaba cual si estuviera en senda oscura.

Bajó a comer, y luego fue a una peluquería donde entregó las manos a los cuidados dolorosos de una manicura. ¡Qué despacio avanzaba el tiempo! Volvió al hotel a mudarse de ropa, y, al bajar, halló, en el casillero donde colgaba su llave, una carta. La puso en un bolsillo exterior, desentendido de cuanto no era su aventura, y salió para estudiar en la estación subterránea de la Ópera el mapa del Metropolitano. Como le sobraba tiempo, volvió a subir y siguió a pie hasta la Magdalena. El tiempo precipitóse de súbito y empezó a faltarle. Iban a dar las cuatro y media ya. Descendió presuroso, y con el hacinamiento de la multitud sintió que algo en la americana le crujía: era la carta olvidada. Rasgó el sobre, y un efluvio de su ciudad, de su vida anterior, escapóse de él y entróle imperativo en el alma... Era de Claudio. «Ojalá que la razón social pudiese algún día ser: "Osuna Vélez-Gomara y Compañía" —decíale tras de las primeras frases. Le advertía, después, haber enviado telegramas a los corresponsales, quienes, de seguro, irían a buscarle para atenderlo... Había llegado una carta del extranjero, abierta por él en persona, por fortuna, y en ella el Cónsul de Kingston anunciaba la muerte de Jaime a bordo de un barco contrabandista apresado cerca de la Florida. Esto no lo había dicho a nadie, ni a Isabel-Luisa... ¿Para qué? Cuanta discreción se tuviese con las cosas atañederas al honor familiar era poca...» Toda la carta respiraba suficiencia, vanidad. Le recomendaba distraerse, no ser demasiado económico, no olvidar nunca no ya su apellido, sino la representación de la casa...

Era cual si la ciudad entera le hubiese escrito para sacarlo del olvido... ¡No, no podía ser! ¿Adónde iba? ¿A qué precipicio lo llevaba aquella sierpe de luces oradando sombras?

Un reflujo moral destruyó toda su voluptuosidad, toda su manumisión; y comprendió que ya no podría volver jamás a la ciudad fundada por los suyos ni emprender otra vez la vida oscura de secretas ignominias y de constante enfrenar las bestias de su cuerpo.

La idea de volver al hotel, de recibir la visita del corresponsal —sin duda el visitante del día anterior— también le horripilaba. ¡La muerte, solo la muerte, le abría una puerta pura! Pero tampoco podía suicidarse sin un motivo, dejando la menor pista de sospecha hacia el verdadero. Era preciso proceder con cautela. Su padre mismo habíale dado ejemplo...

La imagen de su cabeza destrozada por una bala llevaría a la ciudad, a Claudio, a las hermanas por quienes se había sacrificado tantos años, una incomprensión dolorosa y, tal vez, a Cecilia, una comprensión que era necesario evitar. La estirpe de los Vélez-Gomara acababa en él y no podíale poner broche sucio. La muerte, sí; mas no en cita declarada, sino en encuentro casual. ¿No había en toda casualidad un cabo voluntario sujeto por la mano de Dios? Ahora ese cabo lo tendría él.

El convoy se detuvo. «Javel» decían las grandes placas de esmalte; y la carne obedeció al conjuro del nombre. ¡Ay, ya no mandaba ella, sino la conciencia! Quedó en el andén, solo, como indeciso, mientras muchos subían y llegaban otros para aguardar al tren siguiente. Todos los días la torpeza de los no habituados al tráfico de la gran urbe originaba accidentes. Habría uno más.

Cuando, poco después, dos ojos amarillos, miraron a la estación desde lo profundo del túnel, él se acercó al borde de la plataforma, despacio, con una cautela femenina, que ni a los más próximos infundió sospechas, y en el instante justo dio un traspiés.

Un largo estrépito de hierros y de gritos pasó sobre su carne virgen e impura.

Libros a la carta

A la carta es un servicio especializado para empresas,
librerías,
bibliotecas,
editoriales
y centros de enseñanza;
y permite confeccionar libros que, por su formato y concepción, sirven a los propósitos más específicos de estas instituciones.

Las empresas nos encargan ediciones personalizadas para marketing editorial o para regalos institucionales. Y los interesados solicitan, a título personal, ediciones antiguas, o no disponibles en el mercado; y las acompañan con notas y comentarios críticos.

Las ediciones tienen como apoyo un libro de estilo con todo tipo de referencias sobre los criterios de tratamiento tipográfico aplicados a nuestros libros que puede ser consultado en Linkgua-ediciones.com.

Linkgua edita por encargo diferentes versiones de una misma obra con distintos tratamientos ortotipográficos (actualizaciones de carácter divulgativo de un clásico, o versiones estrictamente fieles a la edición original de referencia).

Este servicio de ediciones a la carta le permitirá, si usted se dedica a la enseñanza, tener una forma de hacer pública su interpretación de un texto y, sobre una versión digitalizada «base», usted podrá introducir interpretaciones del texto fuente. Es un tópico que los profesores denuncien en clase los desmanes de una edición, o vayan comentando errores de interpretación de un texto y esta es una solución útil a esa necesidad del mundo académico.

Asimismo publicamos de manera sistemática, en un mismo catálogo, tesis doctorales y actas de congresos académicos, que son distribuidas a través de nuestra Web.

El servicio de «Libros a la carta» funciona de dos formas.

1. Tenemos un fondo de libros digitalizados que usted puede personalizar en tiradas de al menos cinco ejemplares. Estas personalizaciones pueden ser de todo tipo: añadir notas de clase para uso de un grupo de estudiantes, introducir logos corporativos para uso con fines de marketing empresarial, etc. etc.

2. Buscamos libros descatalogados de otras editoriales y los reeditamos en tiradas cortas a petición de un cliente.

www.ingramcontent.com/pod-product-compliance
Lightning Source LLC
LaVergne TN
LVHW091614170726
843492LV00007B/2403